KB267803

혼자서는 안 읽었을 책들

세 번째 이야기

송도글캠 서평집

휴앤스토리

『혼자서는 안 읽었을 책들』세 번째 이야기를 내며

지난여름은 길었다. 무덥고 습한 시간들이었다. 그래도 송도 글캠 멤버들은 한 주일도 거르지 않고 꼬박 만났다. 읽고 이야기하고 썼다. 여름이라는 터널을 통과하는 동안 각자의 마음속에 간직한 생각의 나무는 싹을 틔우고 잎이 쑥쑥 자랐다. 이제는 열매를 맺을 시간이다.

줄리언 반스는 '역사는 부정확한 기억이 불충분한 문서와 만나는 지점에서 빚어지는 확신'이라고 말했다(『예감은 틀리지 않는다』, 다산책방). 역사를 이루는 각 개인의 삶 역시 그럴 확률이 높다. 반스의 글들은 '기억의 고고학'이라는 평을 듣는다. 기억의 우물 속에 감춰진 것들을 꼼꼼하게 파헤치기 때문이다. 지표층에서 멀어진 곳에 묻힌 유물들일수록 시간에 의해 본래의 모습을 잃는다. 고고학을 들먹거리지 않아도 오후에 본 풍경과 지인들과 나눈 대화도 잠자리에 들 무렵이면 가물가물해지기 십상이다. 하루가 그러할진대 삶 전체에서 얼마나 많은 사건과 장면들이 왜곡과 변형을 거쳐 기억되었을까? 게다가 나의 기억과 판단을 완전함이라는 착각으로 생각하며 살아왔을까?

지난 기록들을 되돌아본다. 유아적 사유가 흔적처럼 남아 있는 문장들이다. 예전에는 그래도 볼만했겠으나 지금은 부끄러운, 그곳에 갇힌 미완의 생각들을 들여다본다. 완전하지 않은 기억들과 사유. 완전치 않음이 당연하고 그 사실은 언제나 진리임이 틀림없다. 그래서 우리의 글들은 언제나 수정 가능한 초안이고 가설이다. 자신이 완전체가 아닌 까닭에 내게서 나온 것 자체가 바로 한계인 것이다.

그러나 멈출 수 없다. 나의 입에서 나가기 무섭게 사라져 버릴 수많은 언어와 찰나의 순간들! 그것들을 붙잡아야 했다. 왜? 그것이 나를 이루는 것들이고 존재 이유를 설명하니까. 순간의 기억들을 뇌 한구석에 꼭꼭 박아 놓는다 해도 시간 속에 살아남은 것이 몇 개가 될 것인가?

　동시에, 글을 세상에 내놓는다는 행위는 그 미완성을 단순한 결핍으로 머물게 하지 않는다. 애매모호함 속에서 머뭇거리던 사유는 출간을 통해 일정한 객관성을 부여받으며, 독자 앞에 놓이는 순간 새로운 맥락과 해석을 만들어 낼 것이다. 그 과정에서 우리의 언어는 비록 불완전하지만, 오히려 그 불완전함 덕분에 세계를 확장시키는 힘을 얻게 된다고 생각한다.

　이번 책에는 '존재와 죽음' 시간의 문턱에서 인간은 무엇을 남기는가, '고독과 기억' 인간은 무엇으로 남는가, '욕망과 금기' 문명과 인간의 이면, '변형과 괴물성' 인간다움의 경계를 묻다 라는 테마 안에 13인의 18권의 서평을 실었다.

　가을이다. 가을의 시간 속에서 이 과정을 돌아보면, 떨어지는 잎사귀가 흙으로 돌아가 또 다른 생장을 준비하는 이치와 닮아 있음을 느낀다. 미완의 글들은 흩날려 사라지는 듯 보이지만, 그 자리에 남은 흔적이 다음 읽기와 쓰기의 토양이 된다. 이번 책 역시 그 연속선상에서 태어난 것이며, 따라서 완결이라기보다는 다시 시작을 알리는 조용한 신호일 것이다.

이 책이 독자에게도 또 다른 시작의 계절처럼 다가가기를 바란다. 불완전한 기록이 모여 세계가 확장되는 힘을 지닌다는 사실을 함께 확인할 수 있기를 소망한다.

2025년 10월
노을이 좋은 날,
글벗들을 대신해서 이영미 씀

차례

2부 욕망과 금기
문명 속 인간의 이면을 보다

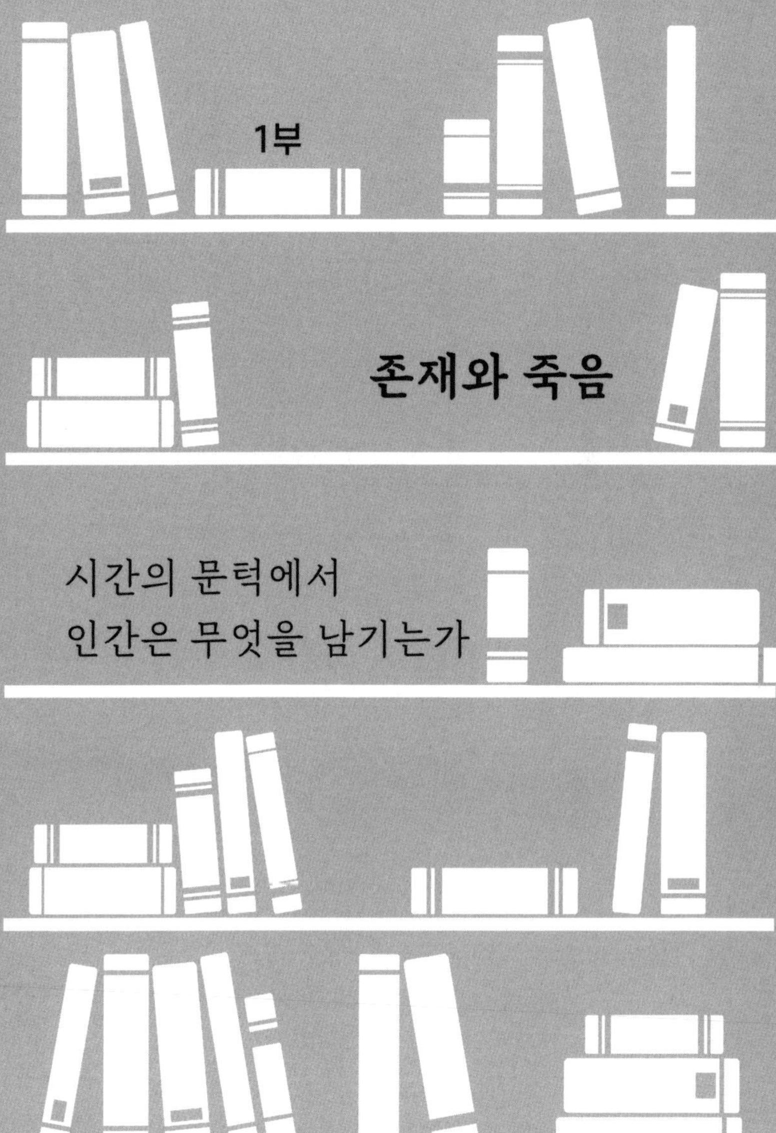
1부
존재와 죽음
시간의 문턱에서
인간은 무엇을 남기는가

『아침 그리고 저녁』

윤 포세 지음, 박경희 옮김, 문학동네

내 글의 뿌리는 음악이다.

음악에서 가장 중요한 것이 멜로디와 가사의 반복이

만들어내는 리듬이다.

글도 그렇게 써야 한다.

_욘 포세

삶은 서로의 머리를 잘라주는 것

이런 상상을 한 적 있다. 이미 세상을 떠난 소중한 가족과 다시 하루를 보낼 수 있다면 나는 무엇을 할까? 아주아주 특별한 곳에서 화려한 하루를 보낼까? 이를테면 세상 멋진 곳으로 효도 관광을 가고, 최고의 테마파크나 지상 낙원 휴양지에 아이를 데려가 신나게 놀아줄까? 아닐 것 같다. 그저 예전에 늘 하던 대로 같이 밥을 먹고, 손잡고 산책을 하고, 사랑한다고 보고 싶었다고 속삭이듯 이야기할 것 같다.

　욘 포세의 『아침 그리고 저녁』은 죽음을 맞은 어느 노인의 하루를 보여준다. 아직 자신이 죽은 것을 인지하지 못한 요한네스는 평소처럼 일어나 커피를 마시고 담배를 피운다. 조금 다른 것은 유난히 몸이 가볍고 아픈 데가 없다는 것이다. 먼저 간 아내의 빈자리를 보며 쓸쓸함을 느끼기도 하지만 곧 익숙한 바닷가로 산책을 나서고, 길에 있는 페테르의 집을 보며 먼저 죽은 친한 친구를 생각한다. 지난날을 회상하다 보니 사람 좋은 구두장이 야코프도 떠오르는데 그도 가고 없다. 아마도 요한네스는 많이 늙은 사람인 것 같다.

　요한네스의 산책길을 따라가던 독자들이 그의 죽음을 확신하는 부분은 죽은 친구 페테르와 만나는 장면일 것이다. 오랜만에 만나는 페테르와의 대화는 일상적이다. 돌멩이가 페테르의 몸을 통과하는 환상을 겪기도 하지만, 담뱃불을 빌리고, 잡은 물고기 얘기를 하고, 아내의 안부를 묻고, 더 과거로 돌아가 처녀 시절의 아내와 더블데이트를 한다. 그리고 많이 길어버린 페테르의 머리카락을 오늘은 꼭 잘라주어야겠다고 여러 번 다짐한다. 죽은 친구와 죽은 아내와 만나는 장면에서 특별한 일은 없다. 이 상황이 긴가민가하면서도 늘 하던 대로 커피를 마시고,

수다를 떨 뿐이다.

무력감, 닥칠 일은 닥치는 법

죽음은 당연하다. 누구도 어떻게도 피할 수 없다. 이를 잘 표현한 문장이 있다. 요한네스의 막내딸 싱네가 죽은 아버지의 영혼과 마주치는 장면이다.

아니 이게 뭐지, 뭔가 마주 온 것 같은데, 그녀를 향해 마주 오는
그것을 분명히 보았고, 옆으로 비껴 피하려 했지만 소용없었다,
그것은 자신을 향해 다가왔고 그녀는 계속 가는 수밖에 없었다
그리고 그 중심을 통과하는 순간 너무도 차가웠다,
차갑고 무력했을 뿐, 다른 것은 없었다

환상처럼 묘사한 이 대목은 돌진하는 죽음에 어찌지 못하는 무력감을 보여준다. 그게 자신의 죽음이든 지인의 죽음이든, 죽음은 삶을 정통으로 통과한다.

그래도 닥칠 일은 닥치는 법이야, 그가 말한다
사람이 어쩔 수 있는 일이 아니잖아,

싱네의 남편이 그녀를 위로하는 말이다. 언젠가 오고야 마는 죽음, 그런데 너무 차갑다.

죽음도 삶이다

단절과 이별은 큰 고통이기에 죽음은 특별한 것으로 다가온다. 보통의 인식 속에서 죽음은 삶의 반대 개념이다. 어린 시절, 여우야 여우야 노래는 '죽었니 살았니?'로 끝이 나고, 표준국어대사전에 '죽음'을 치면 반대말에 '삶'이 뜬다. 생물학적으로 생명이 없어지는 현상을 이르는 말이기에 그럴 것이다. 그러나 죽음은 삶의 반대가 아니고 삶에 포함되는 개념이다. 태어나는 것과 죽는 것 그리고 그사이의 일들, 어쩌면 그 이후의 일들, 그 모든 것이 삶이다. 생명체뿐 아니라 사물도 그렇다.

다시 아무것도 아닌 것이 되어, 왔던 곳으로 돌아갈 것이다,

무에서 무로, 그것이 살아가는 과정이다, 사람이나, 동물이나,

새, 물고기, 집, 그릇, 존재하는 모든 것이,

그럼에도 보내는 사람은 슬프다

이 책은 두 개의 축으로 구성되어 있다. 요한네스가 태어나는 날과 죽는 날이다. 제목으로 짐작할 수 있듯이, 태어남(아침)과 죽음(저녁)에 초점이 맞춰져 있다. 그러나 내 눈길을 사로잡은 두 가지 축은, 죽은 자와 남겨진 자다. 요한네스의 딸 싱네의 이야기는 매우 짧지만, 나도 딸이어서 그런지 아버지를 보내야 하는 슬픔이 공포스럽게 다가왔다.

아버지는 아마도 거기 누워 계실 것이다, 그리고 아마도 돌아가셨을 것이다, 요한네스, 아버지, 싱네는 생각한다, 끔찍할 거야,

요한네스, 아버지, 이제 그만 일어나세요, 싱네가 말한다
손목을 잡아보니 맥박이 느껴지지 않는다 입과 코에 손을 대 보지만
숨결이 느껴지지 않는다, 돌아가셨구나, 싱네는 생각한다

요한네스의 죽음을 예상하며 아버지 집으로 가는 길, 그리고 마침내 죽음을 확인하는 순간이 담백하게 쓰여있다. 싱네는 이제 무엇을 해야 할지 모르겠고, 무섭고, 이상하고, 마음이 너무 아팠다. 이 솔직한 서술이 읽는 이의 마음을 아리게 한다. 죽음

이 삶의 일부고 당연한 것이라 하더라도 슬픈 마음은 어쩔 수가 없다. 죽음을 경험한 독자나 앞으로 경험할 독자 모두가 싱네에게 공감할 것이다.

그러니 서로의 머리를 잘라주자

태어나고 죽는 것이 삶의 뼈대라면, 무에서 무로 가는 것이 삶의 본질이라면, 그사이에 하는 경험이야말로 삶의 의미와 색깔일 것이다. 페테르와 요한네스는 오랜 세월 서로의 머리카락을 잘라주었다. 그런 식으로 돈을 절약하면서도 단정함을 유지했다. 요한네스는 페테르를 볼 때마다 머리를 잘라줘야겠다고 생각한다. 생각은 하는데, 이런저런 일로 자꾸 기회를 놓친다.

되도록 빨리 페테르의 머리를 잘라줘야지 안 되겠군,
요한네스는 생각한다
내가 보니 자네 다시 머리를 자를 때가 됐구먼, 요한네스가 말한다
(중략)
안 되겠네 자네 집에 들러 머리를 잘라줘야겠어, 요한네스가 말한다
그래 그래주게나, 페테르가 말한다

요한네스의 안타까운 마음은 마치 부채감처럼 계속해서 나타난다. 오랜만에 만난 친구에게 해 주고 싶은 것은 거창한 것이 아니라 바로 머리를 잘라주는 일이었다. 머리는 스스로 자르기 힘든 행위다. '미용사'라도 '중'이라도 본인의 머리를 자르기는 힘들 것이다. 무에서 무로 가는 그사이에 서로가 도와줘야 하는 것, 거창하지는 않지만 서로를 믿고 잠시나마 맡겨야 하는 것, 그것을 머리카락 자르는 행위로 그린 것이 아닌가 싶다. 무력한 아이에게 밥을 먹이는 것, 연로한 부모님의 안부를 챙기는 것, 고단했을 배우자의 이야기를 들어주는 것, 이 평범한 일상을 미룬 것이 가장 큰 부채가 될 것임을 작가는 말하는 듯하다. 그러니 오늘 하루 따뜻하게 안아주고, 손잡아 주고, 같이 걸으며, 서로의 머리를 예쁘게 잘라주자.

『아침 그리고 저녁』은 어렵지 않다. 역사적 맥락이나 배경지식이 필요 없고, 다른 문학 작품이나 철학 용어가 등장하지도 않는다. 쉬운 일상어를 반복하고 반복할 뿐이다. 비슷한 문장을 여러 번 덧칠하는데도 글이 탁하지 않고 오히려 더 맑아지는데, 이것이 욘 포세 문체의 힘이라 하겠다. 읽다 보면 눈물도 조금 나는데, 비극적이지는 않고, 차분하게 마음이 씻겨지는 느낌이

다. 군더더기 없이 삶의 명징한 뼈대를 느껴보고 싶은 사람에게
이 책을 권한다.

죽음은 삶을 닮는다

일상어로 표현된 평범한 삶

『아침 그리고 저녁』은 탄생과 죽음을 아침과 저녁이라는 시간으로 표현한 소설로, 필멸할 수밖에 없는 존재들의 내면적 불안과 의식을 그려낸다. 스웨덴 한림원은 욘 포세의 작품이 "혁신적인 언어와 침묵, 인간 내면의 불안과 양가성을 깊이 있게 드러내는 독특한 서술 방식으로 희곡과 산문으로 말로 표현할 수 없는 것들을 표현해 냈다"고 노벨상 수여 이유를 밝혔다.

소설 속 인물 간의 대화는 길지 않다. 여타의 소설들이 보여주는 자질구레한 설명과 자세한 묘사가 없다. 욘 포세는 문장들을 마치 연극배우가 무대 위에서 대사를 읊조리듯이 표현했다. 작중 인물들의 말들은, 틀림없이 소설이지만 산문(지문)이면서 동시에 방백이고 대사이다. 구어체의 일상어는 편안하면서도 간결하여 작품에 여백과 함축미를 제공한다. 독자의 상상력을 극대화하는 효과. 소설이지만 희곡적 효과를 노린 작가의 의도가 아닐까 싶다.

주인공 요하네스는 아침에 일어나면서 혼잣말을 내뱉는다.

어서 일어나야지, 바깥 날씨는 다시 흐려졌을 테니까,

보나 마나 부슬부슬 비가 내리고, 돌풍이 불겠지'……

오늘은 뭘 해야 하나? 온종일 틀어박혀 있을 수도 없고,'……

'그래 그렇지, 걔가 그래

일상적 구어체를 그대로 문장으로 사용한다. 그리고 그것들은 무대 위에서 자신의 속마음을 내뱉는 방백과도 같다.

죽음은 일상의 연속이다

죽음으로 현재의 모든 것이 단절될 거라는 데서 우리는 공포를 느낀다. 죽음 이후의 세계를 경험한 바 없기에 그 알 수 없음에 두려움을 느낀다. 그러나 내가 누려온 일상이 육체의 죽음 이후에도 계속된다면? 노년이 가져온 육체의 고통만 사라진 상태라면 그래도 죽음이 그토록 두려운 것이 될까?

욘 포세의 작품 속 죽음은 삶과 분리된 것이 아니라 동전의 양면처럼 일상 속에 이미 들어와 있다. 그래서 그가 그려내는 죽음의 순간은 불안이 아니라 오히려 편안함에 가깝다. 늘상 해왔던 일상의 지속.

태어난 순간부터 죽음은 삶과 떨어진 적이 없다. 그것을 구분 지은 건 우리의 편견일 뿐이다. 아침과 저녁이 하루이듯 죽음 이후의 세계가 평소의 삶과 연결선 상에 놓여 있음을 작품은 보여준다. 불안함을 느낄 이유가 없는 것이다. '아침에 일어나 아픈 데가 없고 편안하면 죽은 것이다.'라는 러시아 속담이 있듯이 주인공 요하네스의 아침도 그렇게 시작된다.

이상한 걸, 뼈마디와 근육 어디 아프고 뻐근한 데도 없이,

그는 가뿐하게 일어나 앉는다

이거 완전히 풋내기 시절로 돌아간 거 같군,

요하네스는 한쪽에 앉아 생각한다

그렇다면, 내친김에 일어나지 뭐, 생각한다.

　그는 기상하면서 늘 하던 대로 담배 한 대를 말아 피우고 커피 주전자를 올려놓고 먹을 걸 만든다. 늘 먹던 브라운 치즈를 곁들인 빵조각을 준비한다. 그리고 그다음에 늘 하던 대로 서쪽만으로 산책 가 볼 생각을 하고 날씨가 궂지 않으면 배를 타고 가까운 바다로 나갈 생각을 한다. 그리고 그날 아침 그의 친구 페테르를 생각하고 이미 세상을 떠난 사랑하는 아내 아르나의 생각을 가슴 아프게 했으며 일곱 남매의 막내 싱네를 생각한다. 오랜 세월 그러했듯이 친구 페테르의 머리를 이발해 주어야겠다는 생각도 한다. 이발비를 아끼려고 서로는 머리를 잘라주었다.

아침마다 똑같은 생각이군. 매일 아침 똑같은 생각을 하고 있어.

하지만 달리 무슨 생각을 해야 하나?

현재를 어떻게 살아야 하는가?

작가는 문장 속에 마침표를 찍지 않았다. 계속 밀려오는 바닷가의 밀물처럼 무엇도 단절이 아니며 죽음조차 삶의 연속이라는 의미일 것이다. 처음 요하네스는 자신이 죽었음을 모른다. 죽음 후에도 한동안 그는 아침의 습관을 반복한다. 그것의 의미는 무엇일까?

자기 몸에 밴 습관처럼 죽음 이후의 행동도 지속됨을 보여준다. 삶의 행태가 죽음 이후의 그것과 일치한다. 삶이 행복했다면, 그런 기억들로 가득했다면 죽음도 그러하다는 의미일 것이다. 죽음과 삶이 동일한 이유이다.

스스로 잘못한 행동들만 부각시켜 죄책감을 크게 갖거나 절대자 앞에 심판받아 지옥불에 떨어질 거라는 생각들은 강박적 삶을 살게 하거나 삶을 곧잘 주눅 들게 한다. 마침표의 의미. 확실하게 나의 행복으로 자리매김한 것들. 쉼표는 지속의 의미.

작품 안에서 보면 죽음은 당신 삶의 색깔과 같다. 내 삶이 밝고 유쾌한 색깔이었다면, 때로 블루지하면 어떤가? 그 또한 삶에 다양성을 부여할 것이다. 삶이 다양했던 만큼 당신 죽음 이후도 컬러플할 것이다.

죽음 이후 요하네스의 시간은 단선적이지 않다. 그의 기억에 따라 그의 시간은 횡적. 나선형으로 자유롭다. 기억과 추억의 환기를 직선으로 할 이유가 없다. 나의 마음이 머무르는 순간순간들이 나의 시간들인 것이다. 요하네스가 페테르에게 머물렀던 마음이 고깃배에서 떨어져 위험에 처했던 순간에도 머물고, 좋은 구두수선공 야코프에게 가서 머물기도 한다. 자신이 가장 사랑했던 막내딸 싱네의 집을 기웃거리기도 하고, 연금을 받은 이후 더없이 편안했던 시절에 가 머물기도 한다. 나는 이미 존재하고 싶은 곳에 존재한다.

기억하는 다양한 시간들이 많을수록 좋을 것이다. 하루하루를 만족하며 행복하게, 죽음 이후의 삶 또한 그러할 테니까. 결국 우리가 잃은 것은 육체의 고단함뿐일지도 모른다.

마치 한 권의 사후학(死後學) 책을 독파한 기분이 든다. 죽음을 이렇게 편하게 생각해도 되는 걸까? 느긋하고 편안하게 삶을 지속할 이유가 생겼다. 역으로 살아있을 때 행해보지 않은 것은 죽어서도 할 수 없다는 의미. 끊어내지 못한 악행이나 습관. 집착도 지속될 수 있다는 의미. 결국 현재를 만족하게 잘 살아야, 소풍 온 것처럼 한바탕 즐겨야 죽음도 소풍이 될 수 있다는 깨달음. 죽음 자체와 그 이후가 불안한 이들에게 권한다.

『철의 시대』

J.M.쿳시 지음, 왕은철 옮김, 문학동네

다른 사람의 고통에 대해 마음을 닫으면

잔인해지기 십다.

_J.M. 쿳시

죽어서 사는 여자

여기 한 여자가 있다. 의사로부터 말기 암 선고를 받고 돌아오던 날, 자신의 집 곁에 둥지를 튼 노숙자를 만나게 된다. 여자는 이 노숙자를 통해 이제껏 보이지 않았던 낯선 타인을 자신의 삶에 받아들인다. 또한 보이지만 외면하고 싶었던 조국의 현실과 사람들을 대면하기 시작한다. 그리고 미국에 살고 있는 사랑하는 딸에게 그 여정을 편지로 쓴다. 『철의 시대』는 죽어가는 이 여자의 이야기이자 그녀의 조국, 남아프리카 공화국에 관한 이야기이다.

이 작품의 배경인 남아프리카 공화국은 네덜란드와 영국의 오랜 식민 지배 후 잔류한 소수의 백인이 국민의 압도적 다수인 흑인을 차별과 탄압으로 지배한 비운의 역사를 가진 나라다. 특히 이 나라에서 1948년에서 1990년까지 시행된 혹독한 인종 차별주의 정책 아파르트헤이트는 백인 정부와 이에 저항하며 투쟁하는 흑인세력 간의 갈등으로 심각한 사회혼란을 불러일으켰다. 백인들의 권력 독점으로 대다수 백인들이 정치, 경제, 교육, 복지 등에서 아프리카 최상위의 삶을 영위하는 한편 하류층인 흑인들은 모든 면에서 차별받으며 혹독한 압제 속에 비참한 삶을 살았다. 이러한 아파르트헤이트의 시대에 살고 있는 백인 여성 커런은 대학에서 라틴어를 가르쳤으며, 무료한 일상을 톨스토이를 읽거나 피아노 앞에서 평균율 클라비어 전주곡들, 쇼팽의 서곡들, 브람스의 왈츠들을 연주하며 보낸다. 비문명적 시대의 폭풍 한가운데에서 서구 제국주의 문명의 혜택을 고스란히 누리고 있는 것이다.

타자의 발견. 죽음으로 타자를 만나다

암 선고를 받은 날, 커런이 노숙자 퍼케일과 조우한 것은 우연이 아니다. 죽음을 마주하자 비로소 타인이 눈에 들어온다.

철학자 레비나스는 우리가 죽음을 인식할 때 절대적으로 타자
들과 관계를 맺고 있다는 사실을 알 수 있다고 주장했다.[1] 그는
이 절대적인 타자를 '약한 사람, 가난한 사람, 과부와 고아'라고
설명하며 죽음을 통한 타자와의 관계가 인간의 고독을 깨고 미
래를 열어준다고 말한다.[2] 그래서 퍼케일이라는 존재는 커런에
게 자신의 암 덩어리처럼 부인하고 싶지만 한편 수용하는 과정
을 통해 미래를 열어줄 절대 타자이다. 이것은 인간이 죽음을
인정할 때 비로소 자기중심에서 벗어나 주변과 타인에 대한 관
계성을 돌아보고 자아에 대한 연민을 타인에 대한 연민으로 바
꿀 수 있는데 기인한다. 그리하여 커런은 아파르트헤이트 체제
의 혼란을 피해 일찌감치 멀리 미국으로 피신해 살고 있는 딸
에게 쓰는 편지로 실은 그 시대를 직시하기를 거절해 왔던 백
인으로서의 자신을 고백하고 성찰한다. 그리고 '그는 나이면서
내가 아니기 때문'에 자신이 대면한 타자, 퍼케일에 관해서 쓴
다. 그가 커런을 바라보는 '눈길'에서 그녀 '자신의 모습을 보기
때문이다.' '나는 그에 대해 쓰면서 나 자신에 대해 쓴다.'

---

1 강영안, 『타인의 얼굴-레비나스 철학』, 문학과 지성사, 2020, p.108.

2 Ibid., p.112.

타자. 환대는 불가능하다

레비나스는 타자를 받아들이는 개념으로써 '환대'를 주장하며 '근본 악'은 '타자를 수용하고 환대하며' '타자를 위해 책임지는 일을' 통해서만 극복될 수 있다고 보았다.[3] 이와 마찬가지로 이 작품의 작가 쿳시는 복수와 투쟁으로 얼룩진 남아프리카 공화국을 구원할 방법으로 퍼케일을 환대하는 과정을 보여준다. 그는 커런을 통해 방랑하는 노숙자였던 퍼케일이 들어가 쉴 수 있는 집을 제공하고, 그의 일자리와 건강 등을 염려하는 돌봄으로 그를 환대하게 한다.

그러나 이 환대가 분노로 바뀌는 것은 순식간이다. 비 오는 날 퍼케일에게 집안에서 비를 피하라고 하자 웬 더러운 여자를 데리고 와서 함께 머문다. 더불어 가정부 플로렌스의 아들이 허락도 없이 그 친구와 자신의 차에서 잔다는 것을 알게 된 커런은 "너무 지나치잖아요!"라고 소리를 지른다. 타자와 시대를 환대해 보려고 하지만 병을 앓고 있는 자신이 더 소중하다. 기침의 발작 끝에 그녀가 던지는 '이게 정당한가!'라는 질문은 정작

---

3 강영안, p.23.

부당한 대우를 받으며 차별과 폭력에 시달리는 흑인들이 아닌 스스로의 아픔에 대한 연민일 뿐이다. 인간은 결국 남의 큰 상처보다 제 손톱 밑의 가시가 더 아픈 것이다. '내가 왜 책임을 뒤집어써야 하지? 왜 내가 나의 시대를 뛰어넘어야 해? 이 시대가 이토록 수치스러운 게 내 탓인가? 이 치욕의 구렁텅이에서 누구의 도움도 없이 나 자신을 끄집어내는 일이 어째서 늙고 병들고 고통으로 몸부림치는 나한테 남겨진 거지?'

우리가 본디 선한 인간일 거라는 착각은 환대의 이면, 끊임없이 자신의 불이익을 참을 수 없어 하는 우리의 비겁함에서 여지없이 깨진다. 우리는 우리가 할 수 있다고 선 그어 놓은 그 이상의 환대를 할 수 있을까. 환대를 받을 만하지 못한 뻔뻔한 이들에게도 환대가 가능한가. 우리는 어느 정도까지 그리고 얼마나 오래 타인을 환대할 수 있을까. 절대적 환대라는 것이 가능하기는 한가. 이에 대해 소설가 이기호는 불가능하다고 말한다. 절대적 환대도, 부끄러움을 아는 인간이 되는 일도 모두 불가능하다고. 그래서 인간이 소설을 읽는 이유는 그 불가능함을 아는 데 있다고 말이다.[4]

타자수용. 어머니는 가능하다

작가 존 쿳시는 이런 불가능한 환대를 뛰어넘어 사회와 공동체가 처한 아픔의 역사를 구원할 대안으로 어머니의 모성(母性)을 제시한다. 열 달 제 배에 품고 자신의 피와 살을 먹여 키운 어머니는 역시 피와 살을 내어주었다는 신이 세상 모든 사람에게 자기 대신 보내주었다는 존재이다.

커런은 퍼케일뿐만 아니라 흑인 아이들을 수용하는 과정에서 이 모성을 드러낸다. 처음에는 흑인들의 저항과 폭력을 무조건 비난하고 어린아이들의 탈선을 흑인 부모의 잘못된 교육의 결과로 치부하던 커런이 가정부 플로렌스의 아이 베키의 사고와 죽음을 통해 제도와 살색을 떠나 '천진난만한 아이'를 향한 모성애를 자각한다. 그녀는 사고로 피를 흘리며 쓰러져 있는 흑인 아이 베키를 돌보는 장면에서 미국에 있는 딸에게 베키의 피가 '네 피나 내 피와 똑같은 피였다'고 고백한다. 혈연관계로만 한정되던 그녀의 모성이 흑인아이들에게로도 확장되는 순간이다. '피는 하나이기 때문이다.' 또한 그들을 향한 '주고자 하는, 살지게 하고자 하는 강인한 의지'를 느끼게 된다. 이 의지가 몸으로

---

4 이기호, 『누구에게나 친절한 교회 오빠 강민호』, 2018.

육화(incarnation)되어 타인의 고통을 위해 나를 내어줄 수 있도록 하는 것을 레비나스는 '모성성(maternité)'이라고 불렀다.[5] '신성하고도 혐오의 대상인 피'를 매월 흘리며 키운 자신의 유일한 혈육인 딸, '내 살에서 나온 살, 내 피에서 나온 피'로만 향하던 커런의 선천적 모성은 또한 나와 관계가 없는 타자를 받아들이고 진심 어린 보살핌의 실천을 가능하게 할 수 있게 한 모성성의 원천이다. 결국 쿳시는 전혀 관련이 없는, 사랑할 수 없는 타자를 어머니의 사랑으로 받아들이는 타자수용으로 남아프리카 공화국이 겪고 있는 '추한 상태'를 품어보고자 한다.

쿳시는 모국인 남아프리카 공화국이 나와 다른 것을 분리하고 배척하는 철의 시대를 살아왔다고 말한다. 현대 과학은 폭력과 전쟁으로 상징되는 철광석의 붉은 색과 혈액의 붉은 색의 근원이 똑같다는 것을 증명해 냈다.[6] 인간이 철의 시대를 통해 얻으려고 했던 승리, 권력, 분리가 사실은 인간의 피와 죽음을 통해 값을 치러야 했다면 구원 역시 피와 죽음에 있다고 할 수 있을 것이다. 무자비함과 폭력에 대한 대안은 같은 무자비함과

5 강영안, p.186.

6 강창훈, 『철의 시대』, 창비, 2015.

폭력이 아니라 어머니들이 품은 피와 죽음의 수용과 사랑이라고 쿳시는 이야기하고 있다.

작가 스스로가 노벨문학상을 수상하는 현장에서 "우리의 어머니들을 위해서가 아니라면 누구를 위해서 쓰겠습니까!"라는 말로 이미 돌아가신 자신의 어머니에 대한 애정을 표현할 뿐만 아니라 온 세상의 어머니들에게 헌사를 바친 바 있다. 죽음을 인식함으로 돌아보게 된 타자와의 관계는 인간에게 미래를 열어준다. 죽어가는 시간에 비로소 약자인 타자들을 직면하게 되고, 시대의 혼란과 죄의식을 고백할 수 있었던 커런은 사랑할 수 없는 이를 있는 그대로 받아들이는 어머니의 사랑을 통해 타인을, 자신의 모국을 끌어안을 수 있게 된다. 그리고 이 모든 서사가 이루어진 땅에 묻힘으로써 어머니의 생산을 담은 그 땅으로 돌아가 재생된다. 죽어서 살 수 있었던 모성의 고백이다. 그리고 자신의 조국이 피로 분리된 강퍅한 철의 시대가 아닌 포용과 사랑으로 품어지는 흙의 시대, 모성의 땅으로 다시 태어나기를 바라는 작가 쿳시의 고백이기도 하다.

세상의 딸에게 보내는 편지

작가 쿳시는 아파르트헤이트[1] 시절의 남아프리카 공화국에서 아프리카너 백인으로 그 어둠의 시대를 살아냈다. 그 경험을 바탕으로, 그는 미국에 있는 딸을 사랑하고 그리워하면서도 자신이 시한부 선고를 받았다는 사실을 딸에게 알리지 못하는 백인 여성 커런 부인을 주인공으로 삼아 『철의 시대』를 썼다.

1　아파르트헤이트(아프리칸스어: Apartheid)는 남아프리카 공화국에서 백인 우월주의를 바탕으로 시행된 인종차별 정책이다. 인종 간의 분리를 단순한 차별 수준이 아니라, 법과 행정으로 철저히 관리한 국가 차원의 인종분리 체제였다. 1994년 넬슨 만델라의 당선으로 완전폐지 선언되었다.

제3자적 주인공 시점

죽음이 얼마 남지 않은 커런 부인은 딸에게 편지를 쓰기로 마음먹었다. 딸에게 전할 이야기가 너무 많다. 자신이 딸을 얼마만큼 사랑하는지, 홀로 여생을 어떻게 살아가고 있는지, 오늘은 무슨 일이 있었는지, 무슨 생각을 하는지 그녀는 편지 속에 전부 말할 작정이다.

시한부를 선고받은 후 그녀의 행보가 거침없다. 흑인 노숙자 퍼케일을 집안에 들이고 가정부인 플로렌스의 아들 베키가 당한 자전거 사고를 고소한다며 경찰서를 찾아가 '당신들은 나를 수치스럽게 만들고 있다.'고 도발하고, 흑인들의 거주지 구굴레투에 배치된 군인을 만나자 '지금 당신이 여기서 뭘 하고 있는 건지 아느냐.'고 소리를 질렀다. 그런데 그녀는 백인이기에 무모함과 무례함에도 불구하고 상대적으로 안전하다. 사회적으로 존중받고 마땅한 권리를 누리는 삶을 살고 있기 때문이다. 그런 그녀가 이제는 같은 공간 속 다른 부류에 속하는 삶을 직접 마주한다. 내가 이피보니 비로소 그녀와 함께한 사람들의 고통이 눈에 보인다. 그녀가 외면한 현실을 마주해 보니 육신의 고통만큼 정신적 고통도 참담하다.

어느 날 새벽 플로렌스는 베키를 찾아 구굴레투에 들어가겠다고 하고 커런 부인은 플로렌스를 차로 데려다주기로 한다. 그곳에서는 시위가 일어났고 집이 불탔고 사람들이 죽었다. 베키도 죽었다. 그와 같은 어린 소년들도 죽었다. 그녀가 평생을 살아왔던 곳이지만 그녀의 발길이 닿지 않았던 어딘가에서 이런 참혹한 광경이 있으리라고 생각해 보지 못했다. 혼돈이다. 그렇지만 그녀는 이제는 회피하지 않는다. 다만 아직은 자신의 말을 찾지 못했을 뿐이다. 진실을 이야기하고 싶지만 방법이 서투를 뿐이다.

자전거 사고를 당한 베키의 친구가 커런 부인의 집을 찾아왔다. 상처도 아물지 않은 불안하고 흐릿한 눈빛의 소년을 보자 그가 듣건 말건 그녀는 말을 한다. 노망난 늙은이가 시대에 뒤처진 잔소리를 하는 것처럼 들릴지언정 그녀는 계속 말해야 한다. 조언도 겁박도 잔소리도 아닌 엉망진창 이야기 속에 그녀는 소년의 잘못이 아님을 알려주고 싶다. 그녀는 지금까지 백인으로서 누려왔던 것들 속에 숨겨진 사회의 부조리함이, 불합리함이, 무자비함이 수치스럽다. 죽음을 신비화하여 철(鐵)의 아이들을 사지로 내모는 철의 어른들이 허구라고 그녀는 생각한다.

그녀가 횡설수설 쏟아내는 말을 그나마 들어주는 사람은 퍼케일이다. 그렇다고 퍼케일이 진지하게 듣고 있는 것도 아니다. 단지 그는 어쩌다 가끔 그녀의 근처에 있어 줄 뿐이다. 대화를 듣는 상대방이 여럿일 필요는 없다. 단 한 사람이라도 내 곁에서 이야기를 들어줄 수 있다면 그것으로도 충분하다. 그 청자가 지금은 퍼케일이고, 머지않아 곧 편지 속 그녀의 딸이 될 것이다.

그녀가 말하고 있는 것은 그녀의 이야기면서도 그들의 이야기이다. 이 땅의 원래 주인들의 이야기이다. 그녀는 이야기의 주인공 같으면서도 아닌 듯하다. 커런 부인의 이야기를 듣다 보면 자꾸 플로렌스가 생각나고, 플로렌스의 아들 베키가 생각나고 플로렌스의 사촌 타바니 씨가 생각나고, 퍼케일이 생각난다. 그녀가 이야기하고 있지만 그들이 있는 듯하다.

철의 시대를 떠나보내기를 기원하며

철로 된 아이들. 나는 생각했다. 플로렌스 자신도 철과 다르지 않다.
철의 시대, 그다음에 오는 청동의 시대, 그러한 순환주기에서
점토의 시대, 흙의 시대 같은 더 부드러운 시대가 돌아올 때까지

남아프리카에서 오래도록 살았던 흑인들은 문명화된 외부인의 침략에 준비되지 않았고 결국 침입자에게 점령당해 인간이라면 마땅히 누려야 할 권리까지도 내어줘 버렸다. 그러다 권력이 주는 무감각에 취한 기득권의 억압에 철이 된 심장을 품은 흑인들이 맞서면서 죽음도 불사하는 유혈사태를 피할 수 없었다. 철처럼 단단하고 바뀌지 않을 것 같은 이 사회구조는 너무나 많은 사람들의 희생을 강요하였다.

이러한 철의 시대를 떠나보내기를 기원하며 병들어 세상을 바꿀 힘도 능력도 없이 미미할 것 같은 그녀가 행동하고 말한다. 그녀의 행동은 유약하고 그녀의 말은 영향력이 없으며 시류에 뒤처진 꼰대 같을 때도 있지만 성큼 다가온 죽음도 담담하게 받아들이는 그녀는 용감하다. 그리고 죽음이 주는 카타르시스를 믿고, 끝이 아닌 시작을 향해 용기를 낸 후 마침내 깃털처럼 가벼운 작별을 한다.

작가는 철의 시대의 무력한 저항자로 커런 부인을 택했다. 그녀의 나약함과 무용함은 너와 내가 속한 무수히 많은 소시민들의 특징과 같다. 너와 나는 힘이 없다지만, 그럼에도 불구하고 진정성 있는 언행의 축적은 반향을 일으켜 사실은 힘이 있다는 것을 말해준다.

이 책은 1990년에 출간되었다. 그리고 1994년, 흑인 대통령 넬슨 만델라는 아파르트헤이트를 공식적으로 폐지했다. 비상식이 상식이었던 시대가 있었고 그 상식의 허울을 쓴 비상식을 무너뜨리는 데 46년이 걸렸다. 이를 바로 세우기 위해 상상할 수조차 없는 수많은 희생이 있었으리라. 그중에 하나는 이 책이고, 또 다른 하나는 철의 시대에 희생당한 아프리칸 형제들을 달래고 보듬었던 또 다른 아프리칸 형제들이 아니었을까.

『이반 데니소비치, 수용소의 하루』

알렉산드르 솔제니친 지음, 이영의 옮김, 민음사

악에 대해 침묵하고,

그것을 너무 깊숙이 묻어버리면,

그 악은 뿌리를 내려 미래에 천 배로 되살아난다.

_알렉산드르 솔제니친

시대를 기록하는 방법

수용소의 시대

지난 20세기를 돌아보면 악행으로 점철된 광기의 지도자가 여럿 있다. 그들의 우측 끝에 독일 나치 체제를 만든 히틀러가 있었다면 좌측 끝에는 철의 장막 뒤에 소비에트 체제를 구축한 스탈린이 있었다. 히틀러의 수용소가 타민족에 대한 학살을 자행한 인간성 말살의 현장이었다면, "굴라크"라고 불리는 스탈린 독재 권력의 수용소는 이념과 자유를 억압하는 잔인성과 무도함을 대번에 보여주는 광기의 현장이었다.

이유도 모른 채 수용소로 잡혀 온 사람들은 기약 없는 강제 노역에 시달렸다. 작가 '솔제니친'도 그중 한 사람으로 직접 경험했던 비참한 수용소 생활을 고발했다. 작가가 선택한 방법은 가장 평범한 러시아인 '이반 데니소비치 슈호프'의 하루를 따라가는 것이다. 새벽 기상 시간부터 저녁에 잠들 때까지 모든 일과를 꼼꼼히 따라가며 순간마다 변하는 감정을 읽고 기록한다. 그의 행적을 따라가는 독자들이 더 나쁜 일이 생기면 어쩌나 하는 두려움에 조마조마하며 더 큰 불행이 닥치지 않기를 기원하는 새에 하루가 지났다.

슈호프는 아주 흡족한 마음으로 잠이 든다.
오늘 하루는 그에게 아주 운이 좋은 날이었다.
……
눈앞이 캄캄한 그런 날이 아니었고,
거의 행복하다고 할 수 있는 그런 날이었다.

스스로 거의 행복했다고 진술하는 단 하루를 보며 다른 날은 어떠했을까 상상한다. 8년의 수용소 경험으로 요령껏 버틴 날이 이 모양인데 다른 날의 형편을 상상하는 것은 슬픔 그 자체다. 끼니를 거르거나 몸이 아팠거나 영창에 가는 날도 있었을 것이며, 담배를 얻지 못하거나 어려운 작업장에 배당되어 고통스럽기도 했을 것이다. 모든 일이 한꺼번에 일어난 최악의 날도 분명히 있었을 것이다.

담담하게, 때론 우스꽝스럽게 펼쳐 놓은 하루의 기록을 읽으며 독자는 다른 날을 염려한다. 아주 운 좋은 날이었다는 그의 고백은 더 끔찍하고 더 암울했던 수용소의 나머지 날들을 상상하게 하고 몸서리치게 하며 독자의 감각을 마비 시킨다.

자신을 마지막까지 지키는 방법

수용소라는 말 자체는 이미 추위와 굶주림, 질병, 간수들의 학대와 같은 처절한 환경과 그 안에서 생존하기 위해 노력하는 모습을 내포한다. 때론 박탈당한 자유를 향한 갈망과 단합된 의지로 펼쳐지는 처절한 투쟁을 기대하지만, 현실은 이미 폭력의 강제와 권력의 횡포에 굴복한 모습이다. 투쟁할 의지를 갖는 것조차 사치인 하루를 버티기 위해 서로 속이고 밀고하며 다른 사람의 불행에 둔해져 있다.

전직 군인과 관료, 부유한 예술가 등 동료들과 비교할 때 평범한 농부 출신인 슈호프의 취할 수 있는 태도는 제한적이다. 작업반장에게 순종하며 동료들의 어려움을 돕고 약간의 대가를 받는다. 절대 비굴하거나 과도하게 요구하지도 않고, 남을 속여 이익을 얻을 생각도 없다. 형기가 끝나도 언제 돌아갈지 모르는 그에게 자유란 의미 없는 말이었다. 돌아갈 고향과 가족들에 대한 희망도 중요하지만, 수용소 밖의 상황도 별 차이 없었다. 하루하루 생존에 목맨 소비에트 집단 전체가 고난의 시간이었다. 슈호프가 막연히 고향에 돌아가야 한다고 생각하는 것은 생존을 위해 그날그날 최선을 다하고 버티기 위한 명분일 뿐이다.

그날을 위해 슈호프는 인간으로서 지켜야 할 최소한의 도리 ─ 밥 먹을 때 모자 벗기, 동료를 고자질하지 않기 등 ─ 를 지키려 노력한다. 절대 동료에게 피해를 주지 않고 도움이 되고자 한다. 그가 벽돌 쌓기에 진심이고 경건한 식사 시간을 누리는 모습을 보면 그렇게 모범적으로 쌓아가는 시간이 삶을 버티는 동력임을 알 수 있다. 흔들리는 순간에도 절대 내려놓지 못하는 자신의 기준을 지키는 슈호프의 양심이 눈물겹다. 이런 슈호프의 모습은 작가가 생각하는 러시아 민족의 정신이다. 자기 민족이 비록 못된 지도자와 엉망인 체제 아래 신음하지만 얼마나 고매한 성품을 가진 사람들인지 증명한다. 엄혹한 시대를 버텨낸 경건한 민족의 기록이다.

고전의 수명과 현재성

1962년, 이 작품이 처음 출판되자 서구 진영은 충격에 휩싸였다. 치열한 냉전의 시대 자국민마저 반윤리적, 비인간적 수용소로 보내버리는 스탈린 체제의 민낯에 분노했다. 수용소의 비참함과 소비에트 연방 전체의 경직된 모습에 대한 고발이 이어졌다.

그 후 수십 년의 시간이 흐른 현재까지 밝혀진 모든 기록은 수용소에 대한 진지한 고발을 상식으로 만들었다.

배가 따뜻한 놈들이 한데서 떠는 사람의 심정을
무슨 수로 이해하겠는가?
혹한이 온몸을 움츠리게 한다.
살을 에는 차가운 공기가 슈호프를 엄습해서
기침이 나올 지경이었다.
기온은 영하 27도였고, 슈호프는 열이 37.2도였다.
자, 이젠 누가 누구를 이길 것인가?

2024년 여름, 시원하게 에어컨이 돌아가는 카페에서 이 작품을 읽었다. 배가 따뜻한 상태였다. 춥고 배고팠던 군대 생활도 기억나고 뺑뺑이 도는 직장 생활과 엮어 보기도 했다. 하루의 일과라는 점에서 '운수 좋은 날'도 나왔고 러시아 문학과 노벨상의 인연도 적어 보았다. 작가에 대한 경의와 담담한 문체, 빛나는 위트에 대해서도 감탄했다. 그렇지만 영하 27도의 굶주림을 같이 느낄 순 없었다. 그것이 모두 사실이란 것을 새삼 놀라거나 공감하기보단 쓸데없는 생각만 많았다.

그런데 딱 한 계절이 지난 그해 겨울, 권위주의와 수용소의 공포가 느닷없이 다가왔다. 녹화 사업과 삼청 교육대의 망령이 되살아났다. 적어도 우리가 살고 있는 국가와 체제 안에서는 그런 일은 다시 일어나지 않을 것이라는 확신이 무너졌다. 그것은 정치권력의 문제가 아니라 사람이 사람을 대하는 방식의 문제였다.

작품에서 보았던 인간 군상의 모습과 삶에 대한 태도가 다시 현재성을 띠며 재현되었다. 고전의 의미를 되새기게 한다. 고전이 시대를 기록한 것은 다시 올지 모를 시간에 대한 경고이기도 했다. 그 시대에도 공포와 굶주림을 이겨내고 인간의 존엄을 지키며 자유를 위해 묵묵히 행진하는 사람은 있었듯이 현재에도 그런 사람들과 함께해야 한다고 말한다. 다시는 슈호프와 같이 선량한 이웃이 이유도 모른 채 굶주림과 추위에 떨며 자유와 생존을 위해 하루하루를 버티는 삶을 사는 일이 있어서는 안 된다.

역사는 멍청하고 독선적인 리더가 반복적으로 나타난다고 경고한다. 그것이 인간의 본성이다. 그렇지만 선량하고 재주 많은 민중은 또 한 번 이를 극복한다. 어떤 권력도 침범할 수 없는 존엄한 인간의 일상을 기록해 두는 일. 재앙이었던 시대의 Vlog를 보며 현재의 삶에 감사한다.

운 좋은 하루

'매일 아침잠을 깨워주던 알람이 오늘따라 울리지 않았다. 허겁지겁 나가는데, 하필 엘리베이터는 층마다 선다. 그래도 버스는 간신히 놓치지 않았다. 줄 서서 기다리던 버스, 바로 내 앞에서 만석이란다. 헉, 또 10분을 기다려야 한다. 지각은 빼박이다. 이렇게 시작한 하루, 회의를 시작하려는데, 어제 저장해 둔 회의자료 파일이 사라졌다. 팀장님께 한 소리 듣겠군. 점심시간, 선배가 맛집에서 밥을 사준다고 한다. 조금 멀지만 기대를 품고 걸어간다. 그런데 이런, "오늘은 개인 사정으로 쉽니다."

결국 근처에서 대충 때운다. 오후엔 윗분들이 참석하는 중요한 미팅이 있다. 그런데 외부 업체가 길이 막혀 조금 늦는다고 한다. 다들 기다리고 있는데, 초조해진다. 오늘은 왜 하는 일마다 이렇게 꼬이는 걸까. 하루를 마무리하며 동료들과 호프집에 들러 넋두리를 쏟아낸다. 술값 내기 사다리를 타는데, 느낌이 불길하다. 아니나 다를까, 결국 술값은 내 몫이다. 아휴 정말이지 운 나쁜 하루다.'

우리는 일상 속 사소한 어긋남에도 쉽게 '운 나쁜 하루'라며 불평한다. 그러나 한 사람에게 하루를 살아남는 것이 곧 전부가 되는 세계가 있다. 솔제니친의 『이반 데니소비치, 수용소의 하루』는 우리가 너무도 가벼이 소비하는 이 '하루'라는 시간의 무게를 다시 돌아보게 하는 작품이다. 작가가 소련 스탈린 독재정권 시절 강제노동수용소에서 지낸 10여 년의 경험을 바탕으로 수용소의 하루를 담담하면서도 생생하게 그리고 있다. 수용소 생활임에도 어둡지 않고 유머러스하며, 문체가 간결하다.

수용소의 하루

수용소 104반, �췌-854번 이반 데니소비치 슈호프는 강제노동수용소에서 8년째 복역 중이다. 그는 전쟁 중 독일군에게 포로로 잡혔다가 탈출해 돌아왔다는 이유로 '괘씸죄'가 적용되어 10년 형을 선고받았다. 부이노프스키는 전쟁 당시 영국 호송함대에 연락장교로 파견되었다. 전쟁이 끝난 후 영국 제독이 보내온 기념품이 문제가 되어 그 역시 10년 형을 선고받았다. 반장 추린은 단지 부농의 자식이라는 이유만으로 군대에서 추방당하고, 19년째 수용소에 수감 중이다. 또 다른 수감자 체자리는 영화 제작 일을 하던 인물로, 첫 작품을 완성하기도 전에 사상이 의심된다는 이유로 투옥되었다.

스탈린 독재정권은 정권 유지를 위해 무고한 시민들을 적으로 낙인찍고, 사소한 의심만으로도 강제노동수용소로 내모는 폭압적이고 잔혹한 통치를 감행했다. 강제노동수용소에서 폭력과 무자비한 처우 속에 평생 노동과 추위, 배고픔에 시달려야만 했다. '영양실조로 죽을 고비를 몇 번이나 넘기는 동안, 이를 몇 개 잃었디. 그전에는 이질을 앓아 위장이 아무것도 받아들이지 못할 때도 있었다.'

아무런 죄도 짓지 않고 죄수가 되는 것도 억울한데, 제대로 된 옷도 없이 추위에 떨며 강제노동에 시달리고, 상부 조직의 권력자들로부터 핍박까지 받는다. "마루 하나 제대로 못 닦는 이런 등신들한테는 정말, 빵이 아깝다니까! 너희 같은 놈들은 쓰레기나 처먹어야 돼." 말도 안 되는 사소한 이유로 영창에 보내지거나 때로는 목숨을 잃는 일도 벌어진다. 저자는 수용소에서의 삶을 적나라하게 설명하고 있다.

운 좋은 하루

슈호프는 여느 날처럼 새벽 다섯 시, 기상 소리에 잠에서 깬다. 평소에는 누구보다 먼저 잠자리에서 일어나곤 했지만, 그날은 몸 상태가 좋지 않아 쉽게 일어나지 못한다. 그런데 하필 그날따라 지독한 당직자에게 걸려 아침부터 간수실로 불려 가 바닥 청소를 하게 된다. 수용소 생활에서 낙이라면 따뜻한 수프와 빵이 나오는 식사 시간인데, 청소하느라 늦어 야채수프는 이미 식어버렸다. 의무실에 들러 작업 면제를 받아보려 하지만, 체온이 38도에 미치지 않아 허탕만 치고 돌아온다. 멀쩡한 몸으로도 누군가를 밀고해 병결 판정을 받는 반원도 있는데. 그렇게 운 없는 하루가 시작된다.

'얼마나 고된 하루가 되려나, 아침부터 왜 이리 시달릴까?' 불

길한 예감 속에 시작하는 하루다. 슈호프는 마음을 다잡고 바짝
긴장한다. 위험을 피하며, 신중하게, 그리고 온 힘을 쏟아 열심
히 일한다. 부지런히 살아낸 덕분에, 운 없게 시작했던 하루는
뜻밖에도 행운으로 가득 찬, 운 좋은 하루로 바뀌어 있었다.

오늘 하루는 그에게 아주 운이 좋은 날이었다. 영창에 들어가지도
않았고, <사회주의 생활단지>로 작업을 나가지도 않았으며,
점심때는 죽 한 그릇을 속여 더 먹었다. 그리고 반장이 작업량
조정을 잘해서 오후에는 즐거운 마음으로 벽돌쌓기도 했다.
줄칼 조각도 검사에 걸리지 않고 무사히 가지고 들어왔다.
저녁에는 체자리 대신 순번을 맡아주고 많은 벌이를 했으며,
잎담배도 사지 않았는가. 그리고 찌뿌드드하던 몸도 이제 씻은 듯이
다 나았다. 눈앞이 캄캄한 그런 날이 아니었고,
거의 행복하다고 할 수 있는 그런 날이었다.

우리는 늦잠을 자고, 차가 막히고, 업무에서 실수하고, 기대
하고 찾아간 식당이 문을 닫았다는 이유로 하루를 '최악'이라고
여긴다. 그렇다면 이반 데니소비치의 하루를 떠올려 보자.

그는 얼어붙은 추위 속에서 제대로 된 옷 한 벌 없이 하루 열 시간 이상 중노동에 시달리며, 권력자들의 눈치를 보며 살아간다. 그저 먹을 수 있는 '한 끼'가 간절한 삶. 그러나 그런 극한의 조건 속에서도 그는 조금이라도 더 먹고, 혼나지 않고, 아프지 않고, 하루를 무사히 마친 것에 감사한다. 그의 '운 좋은 하루'는 우리가 말하는 '운 나쁜 하루'와는 무게가 다르게 비참하고 힘겹다.

우리는 일상 속에서 끊임없이 행복을 찾으면서도 정작 그 행복을 제대로 알아보지 못한다. 기대했던 작은 계획이 어긋나는 순간 하루 전체를 망쳤다고 여기고, 예상 밖의 변수 앞에서 금세 불행을 확신한다. 그러나 『이반 데니소비치, 수용소의 하루』의 이반 데니소비치는 혹독한 추위와 굶주림, 감시와 강제 노동으로 점철된 수용소에서도 작은 행운이나 보상을 발견하고 그것을 '운 좋은 하루'라고 여긴다. 어쩌면 지금 내가 살고 있는 이 자유롭고 풍요로운 삶 속에서, 정말로 불행한 건 '운이 나쁜 하루'가 아니라, 그 안에서 행복을 찾지 못하는 우리의 시선일지도 모른다. 이반 데니소비치의 하루는 우리가 당연하게 흘려보내는 순간들 속에도 이미 충분한 행복의 조각이 존재한다는 사실을, 잔잔하지만 단단하게 일깨워 준다.

『의지와 운명』

카를로스 푸엔테스 지음, 김현철 옮김, 민음사

운명은 우리에게 일어나는 일이 아니라,

우리가 그 일에 어떻게 대응하느냐에 달려있다.

_카를로스 푸엔테스

중첩

카를로스 푸엔테스의 소설 『의지와 운명』은 멕시코 사회의 심층적인 문제와 인간 본질에 대한 질문을 던지는 역작이다. 할머니 콘셉시온과 아들 막스 먼로이 그리고 세 손자 미겔, 여호수아, 예리고의 삼대에 걸쳐진 부와 권력에 대한 탐욕이 어떻게 개인의 삶과 역사에 비극적인 파멸을 가져오는지 보여준다. 이 소설은 독특한 서술 방식과 신화적 요소를 결합하여 독자들에게 강력한 메시지를 전달한다. 다양한 인물들의 얽히고 설킨 관계를 통해 멕시코의 역사와 사회, 그리고 개인의 운명을 조명한다.

멕시코의 20세기는 혁명으로 시작했다. 1910년 포르피리오 디아스 독재에 반대하여 수많은 농민과 노동자들이 봉기했다. 이 혁명은 1920년 공식적으로 끝났지만, 그 정신은 여전히 살아있어서 사회 정의와 평등을 향한 투쟁은 계속되고 있다. 그래서 많은 멕시코인들은 혁명이 아직 끝나지 않았다고 말한다.

잘린 머리, 신화를 말하다

소설의 시작은 파격적이다. 멕시코의 한 해변에서 잘린 머리 여호수아가 자신의 과거를 회상하는 형식으로 이야기가 진행된다. 이는 단순한 서술 기법을 넘어 멕시코 사회가 겪어온 폭력과 단절의 역사를 상징한다. 또한, 이러한 비현실적인 설정을 통해 작가는 무덤에 있는 할머니 콘셉시온 부인을 불러 독백을 시키고, 인물들이 하늘을 날아다니며, 죽은 사람을 만나는 등 현실과 환상이 뒤섞이는 마술적 리얼리즘의 세계를 구현한다. 잘린 머리는 주인공의 개인적인 역사를 넘어 멕시코라는 국가의 고통스러운 자화상 역할을 수행하며, 과거의 망령이 현재를 끊임없이 지배하는 모습을 고발한다.

또한, 이 소설은 풍부한 신화적 요소들을 현대적으로 재해석

하여 서사의 깊이를 더한다. 특히 두 형제 - 여호수아, 예리고 -
의 갈등은 성서에 등장하는 카인과 아벨의 신화를 연상시킨다.
이들의 치명적인 질투와 증오는 단순히 가족 내부의 문제가 아
니라, 부패하고 폭력적인 멕시코 사회의 권력 투쟁을 은유한다.
작가는 이 신화적 모티프를 통해, 인간이 아무리 운명에 저항하
려는 의지를 가져도 벗어날 수 없는 비극적인 숙명에 끌려가는
모습을 제시한다.

의지와 운명

소설은 인간이 의지로 자신의 삶과 역사를 지배할 수 있는지,
아니면 주어진 운명에 따라 흘러갈 뿐인지에 대한 근본적인 질
문을 던진다. 콘셉시온 부인은 부와 권력에 집착하여 아들을 정
략결혼 시킨다. 그녀의 욕심 때문에 인생이 왜곡되는 아들 막
스 몬로이의 서사는 약육강식의 세상에서 개인의 의지가 어떻
게 훼손되고 비극으로 이어지는지를 보여준다. 손자 미켈 아파
레시 역시 할머니 콘셉시온에 의해 아들 몬로이 미래에 방해가
될 것을 염려하여 저잣거리로 내팽개쳐진다. 또한 며느리는 정
신병동에 보내져 몬로이가 사업에 집중할 수 있는 환경을 만들
어 버린다. 마치 미래의 세종을 위해 혁명동지는 물론 처가와

사돈까지 방해가 될 수 있는 모든 이들의 목숨을 빼앗아 버리는 태종을 연상케 한다. 여기에 반발한 막스 몬로이는 어머니의 독재적인 모권으로부터 벗어나기 위해 아내를 정신병동에서 일반병동으로 옮기고 두 아들 예리고와 여호수아를 낳게 한다.

소설의 소제목이기도 한 카스토르와 폴룩스에서 시작해 카인과 아벨로 이어지는 신화적 모티프는 형제 여호수아와 예리고의 삶에 투영된다. 멕시코시티에서 부모 없이 어느 후원자(나중에 아버지 막스 몬로이로 밝혀진다)에 의해 키워진 이들은 고등학교에서 만나 친구가 된다. 그리고 주어진 인생의 경로를 따라 한 사람은 대기업 회장의 참모로, 다른 한 사람은 대통령의 참모로 들어간다. '예리고와 나는 카스트로와 폴룩스였고, 의지와 운명을 찾아 영원히 탐험을 계속하는 원정대 일원이었기 때문이다.'라는 구절은 이들의 관계와 소설의 핵심 주제를 함축적으로 보여준다.

여호수아는 일견 운명에 순응하며 자신의 삶을 타인의 호흡에 맞춘다. 그는 여지를 선택하여 쟁취하기보다는 다가오는 여자를 받아들이고, 보모, 간호사, 사창가 연인, 심지어 예리고까지 받아들인다. 공항에서 운명적으로 만난 루차 사파타는 여호수아에게 새로운 인연으로 다가오며, 그의 마지막 사랑인 아순타 호르단과의 만남 역시 그의 의지보다는 운명적인 이끌림으로 맺어진다.

반면 예리고는 주어진 삶에 의문을 품고 새로운 방식으로 생을 개척하려 한다. 고등학교를 졸업하고 대학에 가는 대신 외국에 가서 새로운 경험을 얻는다. 돌아와서는 대통령 참모가 되었다가 정부의 실정에 대한 반감으로 오히려 반군을 조직하여 혁명을 이끌고자 한다. 그는 '우리의 창조성은 자유에 의한 것이기 때문이지, 하느님의 창조성은 필요에 의한 것이고.'라고 말하며 자유의지에 따른 삶을 강조한다.

중첩

빛이 파동인가 입자인가를 두고 20세기 초 구미의 물리학계는 격론을 벌인다. 파동이라고 가정하면 설명이 안 되는 현상이 입자로 설명이 되고, 입자로 설명이 안 되는 현상이 파동으로 설명되는 아이러니 때문이다. 최종적으로 파동과 입자가 중첩되어 있다고 결론을 내리고 이를 현재까지 유지하고 있다. 즉 파동이라고 보는 순간 입자로 바뀌고 입자라고 시선을 바꾸면 파동이 되는 기이한 현상을 받아들이는 데는 위의 결론 외에 설명할 길이 없다.

이 소설의 서사를 따라가다 보면 인생 역시 의지와 운명이 중첩된 것이라는 생각을 지울 수 없다. 즉, 의지라고 보는 순간 어쩔 수 없는 운명이 우리를 지배하고, 운명이라고 보게 되면 의지로서 바꿀 수 있는 것들이 보이게 된다. 이는 마치 파동이라고 보는 순간 입자로, 입자라고 보는 순간 파동으로 바뀌는 현상과 같다. '우리의 의지가 아무리 강해도 운명을 점칠 수 없다는 사실을, 불확실함이 인생의 실제적 기후라는 사실을…'이라는 구절은 이러한 중첩이라는 관점을 보여준다.

멕시코 혁명의 역사 또한 이러한 의지와 운명의 중첩 속에서 반세기 이상을 끌어온 파노라마처럼 그려진다. '어느 누구도 내 의지와 상반되는 삶을 나에게 강요할 수 없어'라는 문구는 개인이 자신의 의지를 통해 삶을 개척하려는 노력을 보여주는 반면, '좋은 패든 나쁜 패든 우리는 운명이 우리에게 나누어 준 패로 놀음을 해야 한다.'라는 구절은 주어진 운명에 대한 순응을 시사하며, 이 두 가지 상반된 태도 사이의 긴장을 그려낸다.

소설 『의지와 운명』은 멕시코의 어두운 현실과 신화적 요소를 결합하여 인간 본성과 시대의 비극성을 깊이 있게 탐구하는 작품이다. 이 소설은 멕시코인뿐만 아니라 모든 인간이 직면하는 사회적 부패, 폭력, 권력과 부에 대한 탐욕에 대한 성찰을 보여주며, 우리의 삶에서 의지와 운명이 어떻게 얽혀 있는지에 대한 질문을 끊임없이 되풀이하고 있다.

빨간약과 파란약, 당신의 선택

　슬로우 모션으로 총알을 피하는 장면으로 유명한 영화 〈매트릭스〉의 가장 큰 주제는 인간이다. 평범한 삶을 살고 있다고 믿었던 주인공 네오는 어느 날 자신이 현실이라 믿었던 세계가 사실은 AI가 만든 가상세계 '매트릭스'에 불과하다는 사실을 깨닫는다. 그는 자유의지로 살아간다고 믿었지만, 실은 운명처럼 짜인 시스템 속에 종속되어 있었다. 진실을 알고 싶다면 '빨간약'을, 안락한 무지를 유지하고 싶다면 '파란약'을 선택하라는 제안 앞에서 네오는 과감히 빨간약을 삼킨다. 그는 자신의 삶을 통제할 수 없는 운명론을 거부하고, 현실 세계에서 자유의지로 살아가기를 선택한 것이다.

인간이 자유의지로 살아가는가, 아니면 정해진 운명에 따라 살아가는가. 이 질문은 동서고금을 막론하고 인간에게 영원한 숙제였다. 작가 카를로스 푸엔테스는 『의지와 운명』을 통해 이 오래된 철학적 질문을 던진다. 한 가문의 역사와 이와 관련된 인물들의 의지는 배경이 되는 멕시코의 역사와 맞물려 거대 담론을 형성한다. 이를 통해 우리는 과연 인간은 어떻게 살아야 하는가 하는 가장 본질적인 문제에 도달하게 된다.

의지: 그들의 선택

여호수아와 예리고

여호수아와 예리고는 고아 출신으로 지적 호기심을 공유하며 친구가 된다. 신화 속 쌍둥이 영웅처럼 '의지와 운명을 찾아 영원히 탐험을 계속하는 원정대의 일원'이라 자처하지만, 결국 그들은 '카인과 아벨'처럼 갈등하는 운명의 인물로 드러난다. 예리고는 권력을 좇고, 여호수아는 사랑을 선택한다.

콘셉시온과 아순타

지금은 통신재벌이 된 막스 몬로이의 어머니, 콘셉시온은 혁명과 전쟁의 와중에 교묘한 계략으로 부를 일군 여인이다. 순종적인 아들을 이용해 십대의 어린 신부와 결혼시킨 뒤, 그녀의 땅을 빼앗고 정신병원에 집어넣은 비정하고 탐욕스러운 어머니이기도 하다. 아순타는 평범한 시골 아낙이었다가 몬로이를 만나 자신의 욕망을 깨닫고 '유토피아' 제국에 입성한다. 자신이 성공한 것은 "필연이었어. 행운이 아니라, 그가 없었어도 빠져나올 방법을 찾았을" 것이라며 자신의 운명을 극복하기 위한 의지가 가장 강한 인물로 그려진다. 그녀의 끝없는 욕망은 콘셉시온이 가족의 운명을 조종하여 건설한 제국으로 뻗어나가 이 가족에게 또 다른 비극을 가져온다.

몬로이와 아파레시도

몬로이는 자신을 옥죄는 운명 같은 어머니 콘셉시온에 대한 빈항으로 어린 아내에게서 자식들을 낳고, 그들을 환경에 속박당하지 않는 자유의지를 지닌 인물로 키우고자 아버지로서의 자신의 존재를 숨긴다. 그러나 죽음에 가까워질수록 자신의 어머니와 같은 욕망을 지닌 아순타에게 의지하여 결국 아들들을 잃게 된다. 몬로이의 첫째 아들 아파레시도는 할머니 콘셉시온에 의해 길거리에 버려져 범죄조직에서 생활한다. 자신의 출생의 비밀을 알고 친부를 살해하려다 실패하고, 스스로 감옥에 들어가 자신의 살해 의지를 억제한다.

운명: 역사의 선택

『의지와 운명』은 멕시코의 근현대사를 배경으로 한다. 고대 아즈텍 제국을 몰아낸 스페인의 오랜 통치로 중세 시기를 갖지 못해 유럽의 사생아로 불리는 멕시코의 운명을 가족과 과거를 통째로 상실한 채 고아로 자라가는 여호수아와 예리고를 통해 묘사한다. 작품은 멕시코의 게레로 주 연안에 버려진 잘린 머리의 회고에서 시작하는데 그 머리는 자기가 '그해에 잘린 천 번째 머리'라고 말하면서 멕시코 사회의 혼란을 암시한다. 만연한 범죄와 부패한 권력, 그와 결탁한 기업. 그 이권다툼 속에 개인들은 의지와 상관없이 불안하기만 하다.

푸엔테스는 멕시코 역사와 맞물린 등장인물들을 통해 공동운명체의 숙명에 대해 묻는다. 작중 멕시코의 국가적 빈곤과 정치적 혼란으로 많은 이들이 범죄로 내몰리는 것이 운명이고, 기득권층이 더 많이 가지기 위해 국민 대다수를 외면한 채 자기들

끼리 담합하는 것이 현실이라면 그 과정을 살아야 하는 대다수에게 자유의지라는 것이 과연 존재할 수 있을까? 의지라는 수단으로 운명을 돌파해 내려 하지만 거대하게 구축된 권력의 세계에 희생될 수밖에 없는 개인들을 푸엔테스는 특유의 마술적 사실주의를 통해 그려내고 있다. 운명은 단순한 결정론이 아니라, 인간이 끊임없이 해석하고 재구성해야 할 역사적 서사다.

<blockquote>
허망함은 우리의 운명이지만 자유는 우리의 야망이며,
자유를 위한 투쟁 말고는 자유를 얻을 수 있는 방법이 없다는
사실을 배우기까지는 오랜 시간이 걸린다.
</blockquote>

우리의 선택

이 작품 속 등장인물들은 대부분 자신을 둘러싼 환경을 극복하려는 의지를 지닌 인물들이다. 그들은 자신의 의지로 운명을 바꿀 수 있으며 자신의 삶을 주체적으로 살아간다고 믿지만 푸엔테스가 이끌어가는 서사는 그 주체성이 한낱 착각에 불과하다는 반전을 통해 오이디푸스 신화의 비극성을 계승한다.

그 속에서 여호수아는 끝내 아무것도 선택하지 않은 자처럼 보인다. 그는 예리고처럼 권력을 좇지도 않고, 아순타처럼 욕망

에 휘둘리지도 않는다. 그렇다고 그의 침묵이 무의미한 것은 아니다. 여호수아의 삶은 선택의 부재가 아니라, 선택의 침묵이다. 그는 말하지 않음으로써 말하고, 움직이지 않음으로써 저항한다. 그러나 결국은 잘려진 머리가 되어 이 모든 일을 회고하고 있으니 강렬한 운명의 강물에 휩쓸리고 만 것일지도 모른다.

푸엔테스는 독자에게 묻는다. 당신은 어떤 삶을 선택할 것인가? 당신은 의지로 사는가, 아니면 운명에 순응하는가?

일부 평론가들은 『의지와 운명』을 여백이 없는 현란한 수사와 현학적 지식의 여과 없는 삽입, 반복적 주제의 등장 등을 이유로 비판하기도 한다. 그러나 작가는 역사에 대한 상상적 재해석과 유려한 서사로 우리를 이끌어 어느새 현재 행동하는 나를 자각하는 인지의 세계로 초대한다.

영화 〈매트릭스〉에서 '예언자'는 네오에게 말한다. "선택은 이미 했어. 네가 해야 할 건 그 선택을 이해하는 거야." 푸엔테스가 전해주는 인물들의 선택을 이해하기 위해 애쓰다 보면 우리는 어느덧 다시 근본적인 문제 앞에 서게 된다. 당신은 의지를 선택하겠는가? 아니면 운명을 따르겠는가? 독자인 우리는 그 질문 앞에서 다시 빨간약 혹은 파란약을 삼킬 준비를 해야 한다.

욘 포세『아침 그리고 저녁』

1. 소설은 마침표 없이 쉼표와 띄어쓰기로 이어지는 독특한 문체를 사용하며, 현재와 과거, 그리고 삶과 죽음이 자연스럽게 겹쳐 흐르는 비선형적 시간 구성을 하고 있다. 이러한 구성이 전달하는 삶의 본질은 무엇일까?

2. 우리는 보통 삶과 죽음을 분리하여 생각한다. 그러나 작품 내에서 늙은 요하네스는 죽음 이후에도 삶의 형태를 그대로 이어간다. 아침에 커피를 끓이고 늘 다니던 바닷가로 산책을 나가고 친구의 머리를 잘라주리라고 생각한다. 당신도 삶과 죽음이 분리가 아니라 연속된 시간이라고 생각하는가?

3. 작중에서 중요한 인물로 등장하는 요하네스는 그 이름을 할아버지에게서 물려받았다. 이름의 반복적인 사용이나 계승이 작품의 주제의식에 어떤 영향을 미친다고 생각하는가?

4. 작품이 제시하는 사후세계가 이 책을 읽는 당신에게 어떻게 다가왔나?

5. 작품은 존재의 이유와 의미를 고민하며 불안을 받아들이는 멜랑콜리의 시선을 담고 있다. 당신은 이 작품을 읽으며 삶의 존재론적 딜레마에 대해 어떤 생각을 하였는가?

존 쿳시 『철의 시대』

1. 작품의 화자인 엘리자베스 커런은 백인이며 남아프리카 공화국에서 고전문학을 가르치는 지식인이다. 그녀는 자신의 조국에서 벌어지는 '아파르트헤이트(인종차별 정책)'에 반대하지만, 정면으로 돌파하려는 투쟁은 하지 않는다. '아파르트헤이트'에 대해 알아보고 이를 어떻게 보아야 할지 그리고 '아파르트헤이트'에 대해 백인 존재가 지닌 양면성은 무엇인지 논해보자.

2. 소설의 제목인 '철의 시대'가 의미하는 바는 무엇인가? 작가가 최종적으로 지향하는 바는 무엇인가?

3. 소설의 마지막 장면. 암에 걸려 임종을 앞둔 커렌이 부
    랑자이며 흑인인 퍼케일을 침대 속으로 끌어들여 안으
    면서도 체온을 나누지 않은 것을 어떻게 해석해야 하
    는가?

4. 커렌 부인은 딸이 폭력과 억압이 난무하는 남아프리카
    현실과 마주하며 사는 게 싫어 미국으로 이민을 보낸
    다. 그리고 현 조국의 현실을 편지글로 보낸다. 그 편
    지는 커렌이 죽기 전에 딸에게 당도할까? 그리고 조국
    의 현실을 알리는 방법으로 서간문 형태의 고발은 적
    당한가?

5. 원주민들의 인종차별정책에 대한 투쟁을 제도권 안으
    로 끌어들여 해결하려는 방법은 옳은 것인가? 아니면
    현재 원주민들의 직접적 투쟁 방식이 올바른 방식인
    가? 투쟁 방식의 차이가 존재의 한계라고 말할 수 있을
    까? 각 방식의 한계를 짚어보고 그 둘을 어떤 방식으로
    결합해 나가야 할지 생각해 보자.

알렉산드르 솔제니친 『이반 데니스비치, 수용소의 하루』

1. 이 소설은 스탈린 치하의 러시아 정치 상황을 묘사해
    금서로 지정되었다. 어떤 모습이 비인간적 측면으로 서
    술되었는가?

2. 주인공 슈호프는 비인간적 수용소 환경 속에서 자신만
    의 인간적 존엄을 지키기 위해 작은 행동들을 하게 된
    다. 그 행위는 어떤 것들이며 그것에는 어떤 의미가 깃
    들어 있는가?

3. 작품 마지막에 주인공 슈호프는 '우울하고 불쾌한 일이
    라고는 하나도 없는 하루가 지나갔다'고 이야기한다.
    독자가 보기에는 도저히 감당할 수 없는 하루라는 생각
    이 드는데 그렇다면 주인공이 이야기하는 행복의 정체
    는 무엇인가? 그리고 그것은 우리의 삶이 어떠해야 함
    을 이야기하고 있는가?

4. 작가는 수용소의 비참함을 담담하고 때론 유머러스하
    게 서술하고 있다. 이런 서술 방식이 독자에게 주는 감
    정적 효과는 무엇인가?

카를로스 푸엔테스『의지와 운명』

1. 소설에 등장하는 인물들은 개인적 숙명에 의해 움직이는가? 아니면 의지로 자신의 삶을 개척해 나갔다고 볼 수 있는가? 막스 몬로이, 그 아들인 여호수아, 예리고, 미겔 아파레시도를 중심으로 살펴보자. 특히 막스 몬로이의 경우 악의 상징인 어머니의 계획대로 대략적 인생이 흘러갔다고 볼 수 있는데 자신의 의지가 작용한 것은 어떤 장면이었는가?

2. 이 소설은 멕시코 혁명 이후의 사회가 어떻게 부패되고 변질되었는지를 고찰한다. 소설 속에서 멕시코 사회의 부패와 폭력성이 잘 드러난 장면은 어디인가?

3. 등장인물들이 겪는 비극은 그들의 개인적 선택에서 비롯된 것인가 아니면 멕시코라는 특수한 역사적/정치적 상황이 만들어낸 필연적 결과인가?

4. 막스 몬로이의 아들 중 아버지의 유산으로부터 가장 벗어나려고 노력했던 인물은 누구인가? 그의 의지(will)는 성공했나 아니면 최소한의 저항에 그치고 말았는가?

5. 소설 속에서 운명에 가장 크게 저항하는 인물을 한 명
    선택한다면 누구를 택할 것인가? 그리고 그 이유는?
    (막스 몬로이와 그 아들들을 제외한 인물이어도 된다.)

2부
욕망과 금기
문명 속 인간의
이면을 보다

『위대한 개츠비』

F.스콧 피츠제럴드, 김영하 옮김, 문학동네

나는 내 삶을 살고 싶다.

그래서 나의 밤은 후회로 가득하다.

_F. 스콧 피츠제럴드

사랑의 가치

　미국 중서부 노스다코타주에서 가난한 농부의 아들로 태어난 개츠비는 야심이 있는 청년이다. 제1차 세계대전이 발발하자 그는 대위로 임관되어 참전하였고 테일러 기지에서 주둔하던 중 상류층 여인인 데이지를 만나 사랑에 빠진다. 그러나 전시 상황은 두 사람을 갈라놓았고 데이지는 시카고 출신의 부호와 결혼해 딸을 출산한다. 5년의 시간이 흘러 억만장자가 된 개츠비는 동부의 롱아일랜드 웨스트 에그 지역에 있는 대저택을 사들인다. 그리고 인근 부촌에 거주하고 있던 데이지가 자신을 찾아오지 않을까 하는 기대로 매일 밤 호화로운 파티를 벌이며 살아간다.

화려한 재즈의 시대라 불리던 그 시절, 아메리칸 드림과 물질주의가 팽배했던 미국 동부의 모습은 개츠비의 저택에서 열리는 호화로운 파티로 대표된다. 그곳에는 매일 밤 자신들의 부와 명예에 취해 모럴을 잃어 가는 상류층들, 그리고 새로운 기회를 쫓아 출세를 꿈꾸는 야심가들로 가득 차 있다. 개츠비의 이야기를 들려주는 닉 역시도 방관자의 자세를 취하지만 결국 그 안에서 방황하는 또 다른 청춘이다. 다채로운 욕망의 교차하는 대저택에서 개츠비는 오로지 한 사람만을 기다린다. 자신에게 처음으로 사랑을 알려 준 여인을 만나기 위해서, 다시 그녀를 찾기 위해서 그에게는 그 저택이 꼭 필요하다.

사랑의 필요조건

내가 그녀를 사랑하고 있다는 걸 깨닫고 얼마나 놀랐는지 말로 표현할 수가 없어, 친구. 차라리 나를 차버렸으면 하고 바랐을 정도니까. 하지만 그녀는 그러지 않았어. 그녀 역시 나를 사랑하고 있었기 때문이지. 그녀는 자기가 모르는 쉽게 사랑에 빠지는 것은 청춘의 특권이다. 젊은 사람들에게 아직 오지 않은 미래는 두려움보다는 희망과 가능성으로 가득하기에 주저 없이 사랑을 선택할 용기를 낼 수 있다. 개츠비에게는 더 나은 미래를 꿈꿀 능력과 자신감이 있었기 때문에 둘의 사랑이 결혼으로 결실을 맺을 수 있다는 희망을 갖는 것은 자연스러운 일이었다. 그의 파병 기간이 짧았고 혼자 남은 데이지가 느끼는 압박과 불안감이 조금 더 일찍 해소되었더라면, 어쩌면 그 결말은 가능했을지도 모른다. 그 '어쩌면', '만약에'라는 이루지 못한 가정의 망령에 사로잡힌 개츠비는 다시 과거로 돌아가고자 한다. 그래서 그는 다시 만날 두 사람 사이에 놓일 경제적 장벽을 없애고, 그녀가 속한 세계에 편입되기 위해 막대한 부를 이룬다. 이제 데이지만 자신에게 돌아오면 된다. 사랑 없이 한 결혼 상대인 지금의 남편과 이혼하고 진정한 사랑인 자신을 선택하기만 하면 된다. 그런 확신으로 닉의 도움을 받아 그녀와 재회하지만, 열정 하나만으로 사랑을 선택할 수 있었던 과거와는 많은 것들이 달라졌다.

사랑이라는 환상

나는 개츠비의 얼굴에 다시 돌아온 당혹스러움을 발견했다.
현재의 행복에 대한 희미한 의심이 피어나고 있는 것처럼 보였다.
돌아보면 거의 오 년의 세월이었다! 그날 오후만 해도,
눈앞의 데이지가 그가 꿈꾸어왔던 데이지에 턱없이 못 미치는
순간이 분명히 있었을 것이다. 그녀의 잘못은 아닐 것이다.
오래도록 품어왔던 너무나도 어마어마한, 환상의 생생함 때문이다.
그것은 그녀를 넘어서고, 모든 것을 넘어섰다.

환경의 변화가 사람들에게 미치는 영향은 절대적이다. 새로운 기회의 땅으로 각광 받기 시작한 이 무렵의 미국 동부는 하루가 다르게 달라지는 도시의 모습처럼 사람들 역시 제자리에 머무는 것을 허락하지 않았다. 인간적인 믿음과 온정에 기반한 전통적 가치들은 점점 힘을 잃어가고 빠르게 손익을 계산하는 사람들만이 늘어났다.

개츠비가 데이지와 처음 사랑에 빠졌던 때와는 많은 것들이

달라졌다. 가장 큰 변화는 역설적이게도 지고지순한 사랑을 지켜왔다 믿은 개츠비 그 자신이었다. 가난한 야심가였던 청년은 이제 억만장자가 되었다. 그리고 개츠비가 그러한 성공을 거둘 수 있었던 가장 큰 동력은 그의 환상 속에서 부풀려진 사랑이다. 하지만 데이지와 재회한 후의 상황은 그의 기대와 염원대로 흘러가지 않았다. 개츠비는 상류층 남자들에게는 진정한 사랑이 없다고 생각했기에 데이지가 남편 대신 진실로 사랑했던 자신을 선택할 것이라고 믿었다. 하지만 그녀는 자신 있게 남편을 사랑하지 않았노라고 말하지 못한다. 두 남자 사이에서 미온적인 태도로 현실을 직시하던 데이지의 모습은 개츠비의 지난 5년간의 노력을 허무하게 만드는 것이었다. 자신이 그토록 되찾고 싶어했던 사랑이 배신감으로 돌아오던 그때에 사건이 벌어졌고 개츠비는 결심한다. 그의 사랑만은 지키기로. 비록 환상 속에서 부풀려진 것일지라도 자신을 꿈꾸게 했던 지난 사랑의 가치는 변함없다고 믿으면서.

그들 각자의 해피엔딩

화려한 대저택을 둘러싸고 사람들의 억측과 오해 속에서 그저 가십거리로 존재했던 개츠비의 장례식은 초라하기 이를 데

없었다. 매일 밤 파티를 빛내던 명사들도, 그를 발판으로 성공을 도모했던 이들도, 심지어 개츠비의 전부였던 데이지까지도 그의 죽음을 애도하러 오지 않는다. 짧은 시간이었지만 누구보다 개츠비를 가까이서 지켜보며 이해했고 동정했던 닉은 그 대신 화내고 분노한다. 그러나 현실의 벽을 넘지 못 한 비극적 결말에도 불구하고 개츠비의 사랑은 완성되었다. 데이지가 그에게 미안한 감정이나 죄책감을 느꼈는지는 중요하지 않다. 개츠비가 원했던 가장 순수한 사랑이 그의 죽음으로 이루어진 것이라면, 그래서 그의 비극적인 마지막이 역설적으로 해피엔딩처럼 느껴졌다면 너무 낭만적인 생각일까?

"다들 썩었어." 내 외침이 잔디밭을 건너갔다.
"너는 그 빌어먹을 인간들 다 합친 것보다 더 가치 있는 인간이야."
그렇게 말했던 것이 지금도 기쁘다. 처음부터 끝까지 그를 인정하지 않았기 때문에, 그게 내가 그에게 해주었던 유일한 찬사였다.

『위대한 개츠비』의 시대로부터 100여 년이 지났지만 사람들의 삶의 모습은 크게 달라지지 않았다. 세상은 그때처럼 여전히 하루가 다르게 변화하고 사람들의 욕망은 더 많은 부를 얻기 위한 방향으로 흘러간다. 그 속에서 사랑의 의미는 때론 힘을 잃기도 하지만 여전히 사람은 사랑이 없이는 살 수 없다. 개츠비처럼 자신을 내던지는 열정이 아니어도 평범한 우리 삶의 사랑도 충분히 가치 있다. 고단한 하루를 버틸 수 있는 힘을 주거나 어려움을 극복할 수 있는 용기를 주는 것만으로도 사랑은 우리가 살아갈 이유가 되어준다. 그렇기 때문에 사랑의 가치를 아는 사람의 삶은 그 마지막이 어떠한 모습이 되었던 해피엔딩이다.

파도에 휩쓸려도 결국 물결을 배운다

『위대한 개츠비』를 처음 접했을 때 감상은, '화려하다'였다. 파티, 샴페인, 오색 전구들, 오케스트라, 춤추는 사람들…. 책 속 문장들은 폭죽처럼 번쩍이며 잔상을 남겼다. 제목답게 뜨겁게 사랑을 갈망하고 매일 밤 초호화 파티를 여는 개츠비는 영락없는 주인공이었다. 하지만 이야기가 깊어질수록 몰입하게 되는 인물은 따로 있다. 개츠비를 둘러싼 이야기를 기록하는 서술자, '닉 캐러웨이'다. 닉은 이야기 초입에서 자신을 이렇게 소개한다.

결국 나는 모든 판단을 유보하는 성향을 갖게 되었다.

그는 타인을 판단하지 않으려 노력하지만, 그건 세상을 이해하기보다 세상 밖에 서 있으려는 시도에 가깝다. 톰과 데이지의 위선, 개츠비의 욕망, 요란한 파티의 공허함을 모두 지켜보지만, 그 안에 섞이지 못하는 사람. 증권업을 배우기 위해 고향을 떠나 미국 동부로 왔지만, 이 세계의 윤리와 속도는 끝내 그의 삶이 되지 못한다. 화려한 도시의 불빛 아래에서 닉은 방향을 잃고 부유하는 인물이 된다.

가라앉고 싶었던 시간

헤엄치는 건 힘이 든다. 전력을 다해도 나아가는 게 보이지 않을 땐, 가라앉고 싶다. 옆을 보면 누군가는 보트를 타고 삶을 즐기고, 어떤 이는 바닥 깊숙한 곳에서 미지의 세계를 탐험한다. 그들 사이에서 나는, 파도에 휩쓸린 채 표류한다. 닉에게 몰입하게 된 이유는 나와 닮았기 때문이다. 삶을 거침없이 누리는 톰처럼 강하지 않고, 사랑에 모든 것을 거는 개츠비처럼 뜨겁지도 않다. 이 이야기를 이끄는 주인공도 아니다. 그는 관찰자이고, 방관자이며, 때로는 흔들리는 한 사람이다.

닉이 동부에서 본 것은 눈부신 욕망의 표면과 그 밑에 잠든 무수한 피로였다. 화려한 드레스와 샹들리에 아래에서 사람들은 위선적이고 공허하다. 닉은 그 한가운데서 헤엄치는 법을 배우려 하지만, 파도에 몸을 맡길수록 숨이 차올랐다.

수면 아래의 진실

그런 그가 개츠비를 지켜보게 된다. 개츠비는 불법적인 방식으로 부를 쌓았고, 과거의 사랑을 되찾기 위해 모든 것을 건 인물이다. 사람들은 개츠비의 화려한 파티와 출처 불명의 돈을 보며 수군거렸지만, 닉이 본 것은 그 수면 아래 잠겨 있는 변치 않는 갈망이었다.

이 도시에서 사람들은 위선과 공허함을 감추기 위해 가면을 쓴다. 개츠비 역시 이름, 경력, 부를 쌓은 과정 등 모든 것을 거짓으로 꾸며낸 인물이다. 하지만 닉이 주목한 것은 그가 가면을 쓴 목적 자체가 달랐다는 점이다. 다른 이들의 가면이 위선과 책임 회피의 수단이었다면, 개츠비의 거짓은 오직 하나의 순수한 꿈을 되찾기 위한 필사적인 도구였다. 껍데기는 가장 화려하게 꾸며졌으나, 그 안의 알맹이는 가장 순수한 진심 그대로였던 남자. 닉은 그런 개츠비에게서, 계산적인 세상이 잃어버린 낭만을 본다. 거친 파도 속에서도 사랑만을 위해 망설임 없이 몸을 던지는 그의 태도 앞에서, 개츠비의 과거가 허상에 가깝고 종착이 비극일지라도 닉은 그를 조롱하거나 단죄하지 않는다. 오히려 속물적인 세상에서 유일하게 진정성을 품은 인물이라고 믿는다.

<blockquote>당신은 그 빌어먹을 녀석들 전부를 다 합친 것보다

더 가치 있는 사람입니다.</blockquote>

그러나 개츠비의 죽음 앞에서 세상은 냉혹하게 변모한다. 생전 수많은 이들이 개츠비의 집을 들락거리며 향락을 누렸지만, 장례식에 찾아오는 이는 거의 없었다. 광대한 저택은 하루아침에 싸늘한 폐허가 되었고, 돈과 욕망이 빠져나간 자리엔 공허와 허무만이 남았다. 닉은 그 속에서 다시 한번 세상의 민낯을 마주한다.

그리고, 우리는 물결을 배운다

닉은 동부를 떠나 고향으로 돌아간다. 그 선택은 도피이자 회복이며, 긴 파도 속에서 배운 호흡이다. 끝내 부유하거나 성공하지 못하지만, 자기만의 속도와 방향을 찾아간다. 이 책은 결국 닉이 이루지 못한 자신의 이상을 투영하여 기록한, 개츠비의 이야기이자 닉 자신의 구원 서사다. 멀리 초록빛을 향해 끝없이 손을 뻗는 개츠비의 그 무모한 진정성 말이다.

개츠비가 말했다.

"저 부두 끝에는 언제나 초록색 불빛이 밤새 빛나고 있지요."

개츠비에게 초록빛은 사랑을 향한 열망이며 삶을 살아가게 하는 열정이었다. 닉에게도 초록빛이 있다면 그건 바로 개츠비였다. 닉은 개츠비를 통해 자신이 믿고 싶었던 세계, 진심이 존재하는 세계를 증명하고자 했다. 그래서 그의 개츠비는 '위대해야만' 했다.

그것은 희망을 바라는 비범한 재능이자 낭만적인 태도였고,

그때껏 내가 그 누구에게서도 발견하지 못했으며

다시 쉽게 찾아내기도 힘들 거 같은 그런 기질이었다.

연애에도, 부에도 소극적이며 뚜렷한 목표가 없던 닉은 개츠

비라는 인물을 통해 '욕망을 향해 거침없이 손을 뻗는 태도'라
는 삶의 방식을 목격하고, 결국 자신만의 물결을 배운다.

그렇게 우리는 물결을 거스르는 배처럼
끊임없이 과거 속으로 밀려나면서도 앞으로 나아가는 것이다.

우리 역시 끝없이 밀려오는 두려움과 방향의 부재 속에서 허
우적거리지만, 각자의 초록빛을 바라보며 팔을 뻗는다. 거친 파
도 속에서도 가라앉지 않고 앞으로 나아가게 하는 힘, 갈망하는
것에 닿고자 하는 순수함. 어쩌면 살기 위해 닉에게도 초록빛이
필요한 순간이 아니었을까. 어두운 밤바다에서 빛이 간절했던
어느 날의 우리처럼.

『피라미드』

이스마일 카다레 지음, 이창실 옮김, 문학동네

독재와 진정한 문학은 양립할 수 없다.
작가는 독재의 천부적인 석이나.

_이스마일 카다레

권력자는 사라지고 무대만 남는다

　권력을 쥐고 세계를 흔든 악명높은 정치가와 그와 관계있는
유·무형의 권력의 횡포를 떠올려 본다. 독일의 히틀러와 홀로
코스트, 구소련의 스탈린과 우크라이나 대기근(홀로도모르)[1], 캄
보디아 폴 포트와 킬링필드, 이탈리아 베니토 무솔리니와 파시
즘, 등등. 권력을 쥐고 있는 정치가는 흡혈귀처럼 국민의 피를

1　홀로도모르: 1932년부터 1933년까지 소련의 자치 공화국인 우크라이나 소비에트
　사회주의 공화국에서 발생한 대기근으로 250만 명에서 350만 명 사이 사망자가
　발생한 것으로 추정한다. 1930년대 소련 대기근의 일환이었다. 홀로도모르는 우크
　라이나어로 '아사(餓死)'라는 뜻이다.

빨면서 생명력을 유지하고 있다. 그리하여 영원히 죽지 않을 권력인 양 움켜쥐고 있다. 위에 함께 나열하지 못한 철권독재자가 여럿 있다. 그중의 한 명이 알바니아의 철권독재자 엔베르 호자이다.

호자는 정권 유지를 위하여 비밀경찰 '시구리미(Sigurimi)'를 동원하여 반대파를 무자비하게 탄압했다. 전 국민의 1.1%를 정치범수용소에 가두었다는 추정은 그의 공포정치가 어느 정도였는지 보여준다. 국민에게 외부의 침략 가능성을 강조하며 권력을 공고히 하는 그는 전 국민에게 엄청난 벙커 설치를 명령했다. 호자가 사망하는 1985년까지 경상도보다도 좁은 알바니아 전국 여기저기에 정확히 17만 3,371개의 1인용 콘크리트 토치카를 도배했다. 그것은 국가의 막대한 자원 낭비를 초래했다.

알바니아 작가 카다레는 『피라미드』 작품을 통해서 엔베르 호자 독재정권이 실상을 파헤치려고 한다. 소설의 중심 배경은 기원전 26세기경 이집트 왕 쿠푸가 막 파라오로 등극한 시점이다. 쿠푸 자신의 무덤이자 분신이 될 피라미드를 건설하기 시작해서 완공하기까지의 이야기이다. 왕위에 갓 오른 쿠푸, 자신만은 피라미드를 만들지 않겠노라 선언하나, 대신들과 사제 집단은 민중을 사로잡을 통치수단이자 후세의 영광이 되리라며 피라미드 건설할 것을 쿠푸에게 종용한다.

무엇보다 피라미드는 권력입니다, 폐하.

(중략)

그 높이가 더해갈수록

그 그늘에 자리한 폐하의 백성은 미미한 존재로 보일 겁니다.

그 백성이 작아질수록

폐하의 위풍당당한 자태가 더욱 돋보일 테지요.

이에 쿠푸는 곧 지상최대의 건설 작업에 돌입하고, 국가의 위업에 처음에는 모두가 의기양양 앞다투어 임한다. 그러나 피라미드가 하늘을 찌를 듯 정점에 가닿을수록 이집트의 자원과 에너지는 고갈되고, 채석장 및 건설 현장의 노동자들은 온갖 음모와 속임수에 휘말려 능지처참을 당하거나 위압적인 돌에 깔려 죽음을 면치 못한다. 피라미드 없는 이집트는 상상도 할 수 없으나, 이제 그 무덤 건축물은 혹인지 괴물인지 유령인지 모를 무시무시한 생명체나 다름없다. 피라미드 단들이 층층이 하늘로 향해가고 육중한 돌들이 쌓아 올려지는 숫자가 늘어날수록, 각지에 이집트 소식을 나르는 서판은 줄지어 가고 있다. 쿠푸 정권은 피라미드 건설에 방해가 되는 풍문을 없애기 위해 혀를 자르고 눈을 없애는 등 처형과 고문을 일삼아 주검의 수를 헤아리기 어렵다.

통치자 쿠푸가 죽었다. 권력을 무기처럼 이용하였으나 쿠푸 또한 피를 흘린 백성과 마찬가지로 죽음을 피할 수는 없다. 쿠푸의 죽음으로 거대한 피라미드는 마지막 돌문을 닫는다.

기다리던 미라를 받아 모신 피라미드는
성취감으로 충만해 보였다.
무수한 인간의 운명을 뒤집어 놓았고
무수한 머리를 먹어 치운 그것이
이제 도도하고 의기양양한 모습으로
햇빛을 받으며 반짝이고 있었다.

쓰러지지 않을 거라 여긴 절대권력과 통치자는 사라지고 권력이 휘두른 잔재만 남아 영속한다는 현실이 아이러니하다. 작가는 매 챕터와 글 줄 하나하나를 통해 건설한 피라미드 속에 알바니아의 현실을 덧입힌다. 쿠푸가 죽은 후 하나의 기념비적 건축물이 되어 비, 바람 속에 서 있는 피라미드. 그것처럼 호자가 죽은 후 철거되지 않고 남아 흉물스럽게 녹슬고 버려져 있는 토치카. 권력의 무대만이 남아 독재자의 진실을 드러낸다.

아무리 막강한 힘을 가지고 권좌에 있었던 통치자도 어느덧 권좌에서 밀리고 끝내는 죽음을 맞이한다. 그리고 잊히거나 오명 받은 잔해만이 있다. 잠시 맡겨진 권력의 자리에서 내려오지 않으려고 발버둥 치면서 생명을 죽이고 권력을 탐하는 자에게 작가는 준엄하게 경고한다. 권력은 한 사람의 소유가 아닐뿐더러 영원하지 않다는 것을.

돌·뼈·쇠, 독재의 자식들

『피라미드』는 이집트 피라미드 건축 과정을 빗대어 전체주의를 풍자한 소설로 알바니아의 독재정치에 대한 알레고리이다. 작가 이스마일 카다레(Ismaïl Kadaré)는 알바니아에서 태어나 언어학과 문학을 공부했고 1963년 「죽은 군대의 장군」으로 세계적 작가로 등장했으며 1990년 독재자 엔베르 호자를 피해 프랑스로 망명한다.

이 소설은 독재자들이 끊임없이 삽질을 해대는 이유를 밝힌다. 그럴싸한 명분을 내세워 체제 유지 수단으로 써먹는 것이다. 결과는 중요하지 않다. 잘못되면 애먼 사람 찾아 뒤집어씌우고 신종 뺄짓을 찾으면 그만이다. 그는 독재의 결과물을 냉소적으로 그린다. 돌무더기, 해골 더미, 쇠바가지가 그들이다. 작가의 우화적 접근방법을 존중하여 독자도 그리 해석하기로 한다.

돌 피라미드 – 독재 유산

파라오 쿠푸가 자신의 피라미드를 만들지 않겠다는 암시를 하자 신하들이 동요한다. 그냥 해본 소리가 아니라 신하들의 태도를 점검하려는 의도로 보인다. 백성들을 쉴 새 없이 몰아대야 한다는 그들의 주장을 모를 리 없다. 자신의 통치에 방해 분자를 골라내고자 그들을 손바닥 위에 놓고 무게를 가늠한다. 쿠푸는 내심 기대했다. 누구 하나쯤 '현명하신 판단'이라는 소리를 할 법도 한데 아무도 없다. 오히려 파라오의 불찰을 지적하며 훈수를 둔다. "그러니 지존이시여, 관례를 바꾸려 하지 마소서. …… 폐하께서 무너질 것이며 저희 역시 폐하와 함께 몰락하고 말 것입니다."

계근(計斤)이 끝났다. 보기보다 가볍다. 다그칠 대상은 바로 너희들이다. 부친이 전수한 비법을 한층 세련되게 구사하여 그

대들의 피눈물 마지막 한 방울까지 쥐어짜 가장 높고 웅대한 피라미드를 만들겠노라. 아버지 스네프루가 단단히 일렀다. 독재가 성공하려면 모두의 귀를 막고 입에 재갈을 물려야 한다고. "모래와 풍문, 이것이 이집트다. …… 그것들을 지배하면 넌 이 나라를 지배할 거다. 나머지는 모두 허상에 불과해."

파라오는 돌에다 음모를 심어두고 걸려든 자들은 모조리 잡아낸다. 정보기관과 비밀경찰은 독재자의 양팔이다. 사람들 사이에 극도의 공포 분위기가 만들어지고 입단속과 눈치 보는 게 몸에 밴다. 음모가 스스로 창조력을 발휘해 듣보잡 사건도 만들어 낸다. 치밀하게 꾸민 공작은 진실을 압도한다. 가끔 심사가 뒤틀리면 판을 뒤집어 난장판을 만들어 스트레스를 푼다.

마침내 피라미드가 태어났다. 매일 사람의 피와 살로 영양을 보충하니 산만큼 크다. 커서는 왕성한 생식능력으로 세상 곳곳에 씨를 뿌려댔고 오늘날 격세유전을 통해 돌연변이까지 생겼다.

태어난 지 4천 년이 훌쩍 넘었으나 아직 건재하다. 정석대로 독재 통치를 한 까닭인지 원형을 고스란히 보존하여 오늘날 쿠푸의 피라미드는 이집트에 막대한 경제적 이익을 가져다주는 최고의 국가 브랜드가 되었다. 최강의 독재 유산이라고 불러도 손색이 없다. 그래선지 현재 이집트의 민주주의 지수는 하위권에 머물고 있다. 그나마 돈주머니는 챙겼으니 맏아들 노릇은 한 셈이다.

두개골 피라미드 – 독재 찌꺼기

작가는 시공간을 뛰어넘어 14세기 중앙아시아로 독자를 이끈다. 티무르 제국을 건국한 '절름발이 티무르'의 피라미드는 이스파한에 7만 개의 사람 머리통으로 만들었다. 그는 정복지마다 해골로 피라미드를 만들었는데 부하들은 엄청나게 많은 목을 베어야 했으니 외상 후 스트레스장애(PTSD)를 호소했을 만도 하다.

티무르는 이집트 것보다 훨씬 효율적으로 만드는 방법을 찾았다. 재료비도 저렴하고 공기도 단축하며 심리적 효과를 극대화할 수 있는 피라미드이다. 처음 보는 이들은 경악과 공포에 질린 채 해골 피라미드를 바라보았다. 그러나 내구성이 문제였다. 해골은 몇 년 이내에 분해되어 버린다. 백만 개의 해골로 이루어진 아홉 개의 피라미드가 모두 사라져 버렸다.

그나마 두개골은 땅으로 돌아가 자연의 일부가 되어 생명의 순환에 도움을 준다. 참혹하게 죽은 희생자들의 뼈가 다른 생명을 창조하는 밑거름이 되었을 것이다. 하지만 참으로 지저분하고 욕지기 나오는 독재다. 부친 따라 정통독재를 했더라면 욕은 덜 먹었을 것인데 창조와 혁신을 내세운 서투른 독재로 엉망을 만들어 나라까지 말아먹는다. 우리도 그랬던 기억이 아스라이 떠오른다.

철근콘크리트 피라미드(벙커) – 독재 다이옥신

작가는 마지막에 조국의 산하를 오염시키는 철근콘크리트 피라미드를 짧게 언급한다. 너무 어이가 없고 창피했는지 마지못해 기록한다. 독재자는 알바니아 전역에 모양은 닮지 않았으나 피라미드의 악성 DNA를 고스란히 물려받은 철근콘크리트 벙커를 수십만 개 뿌려놓았다. 전국을 요새화하겠다는 취지이다. 이 어처구니없는 삽질은 마지노선(Maginot Line)과 유사하다. 철근콘크리트 벙커로 연결한 이 요새는 겉보기에는 그럴듯했으나 실전에서는 아무런 쓸모가 없었다. 독일군이 요새를 우회하는 바람에 허수아비에 불과하였다.

이 벙커를 만드는 일은 쿠푸의 피라미드처럼 백성에게는 아무 쓸모가 없지만 국가권력 유지를 위해 필요한 사업으로 독재자가 죽어야만 끝난다. 더 고약한 점은 돌이나 뼈는 나름대로 용도가 있지만 이들은 그야말로 애물단지다. 폐기물과 녹물이 땅을 오염시키고 다이옥신을 뿜어내 오랫동안 사람에게 해를 끼칠 뿐이다. 최하급 독재자의 망나니 칼질이다. 이런 독재자에게 찍소리 못하고 당하는 동포들이 안쓰러워 작가는 망명을 택하고 본격적으로 체제 비판에 나서게 된다.

어느 독재자의 장례식 영상에 눈길이 간다. 운구차에 매달려 울부짖는 무리를 본다. 진심인지 아니면 남을 의식해서인지 알 수 없으나 진정성이 제법 느껴진다. 그들을 그토록 눈물 흘리게 한 독재자의 살벌한 통치력에 소름이 돋는다. 우리도 한때 그랬었나. 그 장면을 보고 자란 세대가 이제 노인이 되어 그 시절이 좋았다고 넋두리할 때 독재의 마력이 다시 살아나는 느낌이다. 남긴 거라곤 돌, 뼈, 쇠에 불과한데도 못 잊는다. 원조 독재가 뿌린 씨앗이 얼마나 우수한지 지금까지 생존력을 유지한다. 잡초나 바퀴벌레에 비교해도 뒤지지 않는다. 독재의 변종과 아류는 셀 수 없이 많다. 잉태하면 바로 유산시키거나 태어나기 전에 사산시키도록 해야 한다.

카다레는 글쟁이다. 알바니아 전역에 깔린 벙커를 보고 이집트 피라미드를 소환하여 독재의 공통 분모를 찾아내는 재주가 탁월하다. 조국의 정치 현실을 쿠푸왕 시대로 옮겨 각색한 드라마를 공연한다. 물론 당시 이집트의 사회적·정치적 상황은 소설 내용과 맞지 않는다. 그럼에도 비밀경찰이 설치고 인명피해가 속출하는 소설 속 상황은 마치 기록에 남아있는 듯 생생하게 다가온다. 분량은 작으나 읽을 때마다 정독하며 장면을 상상해야만 얼개를 그릴 수 있어 만만치 않다. 독재가 어떻게 사람의 영혼을 망가뜨리는지 그 실체를 우화적으로 그리고 생생하게 보여주는 필독서이다.

『면도날』

서머싯 몸 지음, 안진환 옮김, 민음사

인생은 배우는 것이 아니라 살아내는 것이다.

행복은 얻는 것이 아니라 깨닫는 것이다.

_서머싯 몸

반전은 없다

　서머싯 몸은 영국의 저명한 극작가이자 소설가다. 그의 작품 『면도날』은 제1차 세계대전이 끝날 무렵인 1919년부터 1929년의 국제적 금융위기를 거쳐 1940년대 초반까지를 시대적 배경으로 한다. 작품 서두에 저자인 화자가 등장하여, 영국인의 시각으로 미국인의 삶을 바라본 이야기임을 밝힌다. 그는 이 작품을 소설이라 부르지만, 적절한 다른 명칭이 떠오르지 않아 그렇게 불렀다고 고백하며, 허구는 거의 없지만 인물들의 사생활 보호를 위해 필요한 조치를 취했다고 설명한다. 책은 다소 많은 분량이지만, 문체가 간결하고 읽기 쉬워 부담 없이 즐길 수 있다. 또한 사실적 이야기라는 화자의 고백은 작품의 몰입도를 높인다.

그들의 삶을 들여다보다

이 작품에는 미국 상류층 인물들이 다수 등장한다. 그중 세속적인 삶을 대표하는 인물이 엘리엇 템플턴이다. 그는 젊은 시절 미국을 떠나 프랑스에 정착하고, 프랑스와 영국 등의 상류층과 네트워크를 형성하며 살아간다. 예술품이나 고가구, 골동품뿐만 아니라 사람까지도 소개해 주는 일로 명성을 쌓는다. 엘리엇은 주변 인물들을 오직 사회적 지위로만 평가하며, 사람들조차 하나의 거래 수단이나 상품처럼 여긴다. 때로는 조카마저도 예외가 아니다. 화자는 그를 '부끄러움을 모르는 속물'이라고 묘사한다. 좋게 보면 능력 있는 로비스트지만, 달리 보면 단지 얍삽한 브로커일 뿐이다.

엘리엇과 마찬가지로 세속적인 삶을 추구하는 또 다른 등장인물은 그의 조카 이사벨이다. 그녀는 소설의 주인공 래리의 전 약혼자다. 밝고 긍정적인 에너지를 지닌 매력적인 여성이다. 사랑보다 현실적인 조건을 중시하며, 전형적인 상류층 삶을 향유하며 살아가길 원한다. 래리를 사랑하지만 그와의 약혼을 파기하고 부유한 그레이와 결혼한다.

소설의 주인공 래리는 누구보다 하늘 나는 것을 좋아하는 열정과 의욕이 넘치는 젊은이다. 나이를 속이고 조종사가 되어 군에 입대하지만, 전쟁 중에 가까운 동료의 죽음을 목격한 뒤 삶의 의미와 고통의 본질을 깊이 고민하게 된다. 기존의 성공이나 부를 좇기보다 진정한 진리를 찾는 여정에 나선다.

신이 존재하는지 존재하지 않는지 확실히 알고 싶어.
왜 세상에 악이 존재하는지도. 또 내게 불멸의 영혼이 있는지,
아니면 죽으면 그것으로 끝인지 알고 싶어.

래리는 돈이나 사회적 성공에 전혀 관심이 없다. 그의 머릿속은 신의 존재, 악의 근원 등 본질적 질문으로 가득 차 있다. 그는 하루에 여덟 시간에서 열 시간씩 책을 읽고, 소르본 대학에서 강의를 들으며, 라틴어와 그리스어도 배우는 등 학문에 몰두한다.

『오디세이아』를 원문으로 읽는다는 게 얼마나 가슴 뛰는 일인지 몰라. 뭐랄까, 발끝으로 서서 손을 한껏 뻗으면 별에 닿을 수 있을 것 같은 기분이야.

래리에게 언어를 배우는 목적은 따로 없다. 다만 학문을 통해 깨달음을 얻고, 그 과정에서 행복을 느낀다.

기대하는 반전은 없다

이 작품의 등장인물은 명확한 선악 구분이 없다. 권선징악은 아니라도 일반적인 소설에서는 인간적인 면보다 돈과 세속적 성공만을 좇는 인물들이 결국에 돈을 잃거나, 인생의 허무함을 깨닫는 것이 흔한 결말이지 않은가? 독자는 대개 주인공이 비범한 인물이 되거나, 어떤 형태로든 성공하는 이야기를 기대한다.

그러나 『면도날』에는 이러한 기대하는 반전은 없다. 엘리엇처럼 대놓고 지위와 돈으로 사람 차별하며, 자신의 이익에만 집중하는 인물임에도 주식 폭락과 같은 불행은 비껴간다. 오히려 오지랖 넓은 화자 덕분에 엘리엇은 스스로 지키고자 했던 상류층 내 입지마저 잃지 않으며 화려하게 생을 마감한다.

사랑보다 돈을 선택한 이사벨 역시 남편이 파산한 상황에서도 부유한 삼촌 덕분에 계속 상류층의 삶을 누린다. 그녀가 어린 시절 친구였던 소피와 래리의 결혼을 방해한 계략도 화자 외에는 아무도 모른다. 심지어 소피를 비극적 결말로 이끌었음에도 특별한 응징 없이 본인의 가정을 꾸리며 평탄하게 살아간다.

한편, 주인공 래리는 신의 존재와 삶과 죽음의 의미를 찾아 프랑스에서 2년을 보내고, 탄광에서 광부로 일하며, 영국과 인도 등 세계를 떠돈다. 구원을 갈망하며 방황하는 래리는 뚜렷한 깨달음을 얻지 못한 채, 그레이의 두통을 해결해 주는 정도에만 머문다. 마치 모든 질병의 근본은 마음에 있다는 교훈만을 남긴 듯하다. 결국 소유를 포기하고, 몸을 움직이며 살아가는 삶으로 돌아간다. 흔히 소설에서 이토록 방황과 탐구, 구원에 대한 노력이 그려지면 극적인 깨달음이 뒤따르기 마련이지만, 여기서는 전혀 그런 결말이 보이지 않는다.

그래서 더 뻔하지 않다

그러나 작품 마무리에 화자는 작품 속 등장인물 모두 저마다 원하는 바를 얻었다고 평가한다.

엘리엇은 사교계에서 명성을, 이사벨은 막대한 재산을 확보하여
활동적이고 교양 있는 지역사회에서 확실한 지위를 얻었으며,
그레이는 안정적이고 수익성 높은 직업과 매일 아침 9시에
출근하여 6시에 나설 수 있는 사무실을 얻었다.
수잔 루비에는 안정을, 소피는 죽음을, 래리는 행복을 얻었다.

등장인물들은 각자의 상황에서 자신이 추구하는 가치와 성취를 위해 고민하고, 선택하며, 살아간다. 사주 역학에 비유하자면, 래리는 배움을 중시하고 내면에 집중하는 '편인격'에 가깝다. 엘리엇 템플턴이나 이사벨은 인적 네트워크에 능하고, 타인의 평판을 중시하는 '겁재격'의 인물상이다. 이처럼 서로 다른 기질을 타고난 이들이 각자의 방식대로 삶을 살아간다. 삶이란 단순히 부의 축적이나 사회적 명성 등 획일적인 가치로만 평가할 수 없다. 긱기 추구하는 바가 다른 다양한 삶이 존재할 뿐이다. 각자의 목적대로 살아가는 사람들이 있을 뿐, 거기에 옳고 그름을 논할 수 없다. 타인의 삶을 함부로 평가할 수 없듯이, 래리처럼 구도자의 길을 걷고 타인을 돕는 삶을 존중하고 지지

하는 것도 개인의 선택이다.

면도칼의 날카로운 칼날을 넘어서기는 어렵나니.
그러므로 현자가 이르노니, 구원으로 가는 길 역시 어려우니라.
_카사 우파니샤드

누구나 한 번쯤 '나는 어떻게 살아야 하는가?'라는 본질적인 질문에 천착해, 자신의 삶을 고민하게 된다. 다양한 인간 군상을 통해 타인의 삶을 바라보고 싶다면 서머싯 몸의 『면도날』을 권한다. 넘기 어려운 날카로운 면도날의 칼날처럼, 고된 구원의 삶을 살아가는 미국의 한 비범한 젊은이의 삶을 들여다볼 수 있다.

당신은 어떤 유형의 인물인가

　사회인이 된 후 연이은 취업 실패, 친구에게 다단계 사기를 당하는 등 연이은 좌절을 겪으며 '나는 어떤 인간 유형인가'라는 질문을 품게 되었다. 이를 계기로 MBTI에 관심을 가지게 되었고, 『면도날』을 읽으며 등장인물들을 MBTI 관점에서 분석하게 되었다. MBTI를 적용하여 작품을 읽게 되면, 인물의 내적 동기를 설명해 서사를 더 설득력 있게 만들고, 독자의 공감을 넓히며, 문학을 자기 성찰과 삶의 지침으로 연결할 수 있다. 따라서 『면도날』의 등장인물을 MBTI 분석을 통해 읽고 이를 통해 나의 삶이 어떤 유형의 인물과 유사한지 함께 성찰하고 어떤 삶을 지향하는지 알아보고자 한다.

등장인물 MBTI 분석

래리 (INFP)

왜냐고? 난 돈에 관심이 없어.
난 조금은 있어. 내가 하고 싶은 걸 할 수 있을 만큼은 있다구.

래리는 1차 세계대전 때 파일럿으로 근무하던 중, 죽은 전우를 보고 인생의 허무함을 느낀다. 그 후, 래리는 직업 활동을 하지 않으면서 유목민처럼 자유롭게 삶을 영유한다. 이상과 진리를 좇는 영혼. 내적 성찰과 자유를 중시하며, 세속의 유혹보다는 영적인 깨달음과 인간 본질에 대한 탐구를 선택한다. 자기만의 길을 묵묵히 걸어가는 모습이 강인하면서도 고결하다.

이사벨 (ESFJ)

당신은 정말 너무 현실 감각이 없어, 내가 뭘 원하는지 전혀 모른다구.

나는 아직 젊고, 인생을 즐기고 싶어, 남들이 하는 것들을 하고 싶단 말이야.

난 그냥 이대로 앉아서 래리가 무너지는 걸 보고만 있지는 않을 거예요. 무슨 짓을 해서라도 래리가 그런 창녀하고는 결혼하지 못하게 막을 거라구요.

이사벨은 래리와 결혼을 하면 결코 그녀가 원하는 삶을 살 수 없다는 사실을 깨닫고 래리와 파혼하고 젊은 부자인 그레이 매튜린과 결혼한다. 현실적이고 사교적인 성향으로, 안정과 사회적 인정에 큰 가치를 둔다. 래리를 사랑하면서도 현실적 선택을 한 인물로, 욕망과 후회의 이중성을 동시에 지닌다.

소피 (ISFP)

남편과 아기가 죽었을 때 소피는 세상이 끝난 것처럼 느껴졌을 거야. 그래서 자신이 어떻게 될지 전혀 신경 쓰지 않은 채 술과 난잡한 성교라는 끔찍한 타락으로 스스로를 내몬 거지.

자신을 그렇게 잔인하게 대한 삶에 복수하기 위해서 말야.

감정이 깊고 예민하며, 사랑에 몰입하는 성향을 가진다. 상실의 고통을 감당하지 못하고 자기 파괴적인 길로 향하지만, 내면의 순수함은 끝내 남아있다.

수잔 (ESTJ)

아파트와 가구를 마련해 주고 매달 2,000프랑씩 생활비를 줄 테니, 2주에 하룻밤만 자신과 있어 주면 된다는 것이었다. 지금껏 그렇게 많은 돈을 써 본 적이 없는 수잔은 곧바로 머리를 굴리기 시작했다. 그 정도면 분명히 남부럽지 않게 먹고 입을 수 있을 뿐 아니라 딸의 양육비를 보내고 만약을 대비해 저축도 할 수 있었다.

수잔은 눈앞의 이익을 중요하게 생각하고, 말을 잘하며 사람들과 어울리는 데 능하다. 딸을 키우는 데 드는 돈을 책임져야 해서, 옳고 그름보다 살아남고 안정되는 것을 먼저 선택한다. 그래서 다른 사람을 이해하기보다 상황을 빨리 판단하고 해결하는 데 더 능하다.

엘리엇 (ENTJ)

음식도 내주고 술도 내주고 심지어는 심부름도 해 줬습니다.
그들이 여는 파티에도 빠짐없이 참석해 줬지요. 그들을 위해
내 모든 것을 보여줬습니다. 그런데 그걸로 얻은 게 뭡니까?
아무것도, 아무것도 없단 말입니다. 내 생사조차 신경 쓰는 사람이
없습니다. 어떻게 그렇게 매정할 수가 있는지……

이사벨의 삼촌인 엘리엇은 미국의 경제 공황에도 부를 축척
했고 이것을 이용해 사교계의 중심이 되었다. 사람들은 늙고 속
물이라고 알려진 엘리엇을 자신들의 파티에 초대하지 않았다.
화자가 그런 엘리엇을 동정해, 파티 초대장을 훔쳐 와 엘리엇이
초대받은 것처럼 꾸미기까지 한다. 엘리엇은 몸이 아픈 와중에
도, 파티에 갈 의상을 준비하고 편지에 대한 답장을 쓰다가 죽
음을 맞이한다. 세상의 중심에 서고자 하는 강한 욕망과 리더십
을 가진 인물. 명성과 지위를 추구하지만, ㄱ 안에 자리한 허무
와 두려움을 숨기지 못한다.

그레이 (ISTJ)

그레이는 역경을 극복하려고 미친 듯이 노력하는 가운데 걱정과 굴욕감에 시달리다가, 그는 결국 신경쇠약에 걸리고 말았다.

책임감이 강하고 안정 지향적인 현실주의자. 이사벨과의 결혼을 통해 평온한 삶을 추구하지만, 변화하는 시대 속에서 자신만의 한계를 마주한다.

내 삶의 지향점

『면도날』은 삶의 본질을 깨닫기 위한 고독하고 치열한 여정을 상징한다. 래리는 모두가 달려가는 길을 벗어나 자신만의 길을 걷는 인물로, 흔들림 없는 신념과 자유의 가치를 보여준다. 그의 삶은 자기 삶을 온전히 받아들이고 진정한 자유를 얻는 것이 얼마나 어려운지를 일깨우며, 오늘날 방황하는 젊은이들에게 깊은 울림을 준다. 내가 만약 한 인물의 삶을 선택한다면 래리의 길을 따르고 싶다. 사회가 정한 성공이 아닌 나만의 행복과 가치를 추구하고 싶고, 실패와 고난조차 삶의 일부로 받아들이며 성숙을 만들어 가는 그의 태도를 배우고 싶기 때문이다.

거창한 성공보다 작은 일상에서 행복을 찾고, 신념을 지키며 세상과 부딪히더라도 나만의 철학을 지켜가는 삶을 꿈꾼다. 이 책을 읽고 내가 찾은 '면도날'은 내 안의 흔들리는 자아를 마주하고, 내가 원하는 삶을 선택하라는 날카로운 칼날이라는 것이다. 여러분의 면도날은 무엇인지, 여러분의 삶의 지향점은 무엇인지 찾기 위해 일독을 권한다.

『금각사』

미시마 유키오 지음, 허호 옮김, 웅진지식하우스

진정한 자유는

자신이 선택한 필연 속에 사는 것이다.

_미시마 유키오

아폴론을 재로 만든 디오니소스의 불꽃

금각사는 은각사와 함께 일본 교토에 있는 유서 깊은 사찰로, 원래 막부 최고 권력자의 별장으로 지어졌다. 1647년 발생한 내란으로 불탔으나 이후 재건되었고, 1950년에는 조현병 증세가 있는 견습 승려의 방화로 다시 전소되었다. 이후 세 차례에 걸친 개조 작업을 통해 현재의 모습으로 복원되었다.

소설 『금각사』는 말더듬이 소년 미조구치의 성장 이야기다. 그는 스님이었던 아버지가 죽은 후 절에 맡겨져 스님이 되기 위한 수행과 공부를 하며, 열등감과 자의식 사이에서 방황한다.

결국 자신이 세상에서 가장 아름답다고 생각하는 금각사를 불태우고 다시 삶의 의지를 되찾는다는 내용이다.

미조구치의 컴플렉스

영화 『킹스 스피치』에서 영국 왕 조지 6세가 지병과 유모의 학대로 말더듬이가 된 것처럼, 절간의 아이라는 태생적 콤플렉스에서 그의 말더듬 증세가 비롯되었다고 생각하는 것은 무리일까? 몸도 약하고 말도 더듬는 그에게 세상은 또 다른 콤플렉스를 그에게 강요하였다.

나는 우이코의 모습, 어두운 새벽 속에서 물처럼 빛을 발하며 내 입을 지켜보던 그녀의 눈 뒤에서 타인의 세계-즉 우리들을 결코 혼자 내버려 두지 않고, 자진하여 우리들의 공범이자 증인이 되는 타인의 세계-를 본 것이다. 타인이 모두 멸망해야 한다. 내가 정말로 태양을 향해 얼굴을 들기 위해서는 이 세상이 멸망해야 한다......

우이코라는 여학생에게 받은 수모는 미조구치에게 큰 콤플렉스로 작용한다. 첫눈에 마음을 준 사람에게 철저히 거부당하고, 더구나 그녀의 고자질로 몸을 의탁했던 숙부에게 심한 질책을 받자, 그는 우이코가 죽기를 바란다. 나아가 세상에 저주를 퍼붓는다.

또한, 어머니의 불륜은 미조구치의 도덕적 가치관과 세상에 대한 신뢰에 치명적인 균열을 가져왔다. 아버지가 병으로 죽어가는 상황에서 어머니는 다른 남자와 관계를 맺는다. 이는 어린 미조구치에게 감당하기 힘든 배신감과 혼란을 안겨주었다.

이러한 콤플렉스는 스스로를 자신의 내면에 가두고, 금각사에 대해 맹목적으로 집착하게 만든다. 죽은 아버지로부터 들었던 금각사에 대한 이야기는 그에게 절대적인 미의 상징이 되어, 그의 내면을 지배하는 유일한 가치로 자리 잡게 된다.

기존 질서에 대한 반항

미조구치는 부친의 친구인 주지 스님에게 거둬져 후계자라는 기대를 받으며 성장한다. 주지는 그에게 법적 후견인일 뿐만 아니라, 금각사라는 절대적 아름다움을 관리하는 존재이자 세상의 이치를 가르치는 스승이었다. 미조구치에게 주지의 존재는 곧 금각사의 권위와 동일시되는, 거스를 수 없는 '넘사벽'이었다.

하지만 이 권위는 주지의 진면목이 드러나면서 흔들리기 시작한다. 친구와 어울려 유흥에 돈을 탕진했다고 미조구치를 꾸중했던 주지였다. 그러나 알고 보니 그는 승려의 신분을 망각하고 기생과 놀아나는 이중적인 모습을 가지고 있었다. 주지의 이러한 위선은 미조구치에게 깊은 배신감을 안겼다. 그리고 그가 존경했던 권위가 사실은 허구에 불과하다는 것을 깨닫는다.

미조구치는 주지에 대한 반항을 금각사로 향했다. 주지의 권위가 무너지자, 금각사의 아름다움 역시 더 이상 순수하게 느껴지지 않았다. 금각은 이제 타락한 권력이므로, 파괴되어야 할 대상이 된 것이다. 절름발이인 동급생 가시와기가 기묘한 방법으로 아름다운 여성을 차지하는 현실과, 선량하고 순수했던 친구 쓰루가와의 자살은 이러한 생각은 더욱 증폭시켰다.

결국, 절 돈을 훔친 것이 발각되어 쫓겨날 위기에 처하게 되자 주지와 마지막 대면을 한다. 그리고 서로를 용인 할 수 없다는 것을 확인한다. 그 후 모든 관계가 단절되자 미조구치는 금각사를 파괴하기로 마음먹는다. 금각사 방화는 단순히 건물을 불태우는 행위를 넘어, 주지라는 기존 권력의 위선에 대한 미조구치의 극단적인 저항이자 자신을 억눌렀던 모든 것으로부터 벗어나고자 하는 몸부림이었다.

아폴론적인 것과 디오니소스적인 것

니체는 『비극의 탄생』이라는 미학 저서를 통해 『오이디푸스 왕』, 『안티고네』 등의 그리스 비극이 아폴론적인 것과 디오니소스적인 것이라는 두 예술적 감성에 의해 탄생되었음을 주장한다. 대표적인 아폴론적인 예술은 파르테논 신전 등의 건축물에서 볼 수 있는 조화, 균형을 상징한다. 디오니소스적인 것은 당시 축제에서 볼 수 있는 파괴, 광기, 난교 등 이성을 벗어나 예측 불가능하고 혼란스러우며 위험한 에너지다.

디오니소스적인 파괴가 없으면 새로운 것이 창조되지 못하므로, 아폴론적인 조형은 하나의 유물로만 남게 된다. 그래서 그리스 말기에 소크라테스의 윤리적, 이성적인 조류가 득세하면서 디오니소스적인 것이 쇠퇴하게 되고 이로 인해 그리스 예술의 종말을 가져왔다고 니체는 주장한다.

니체의 주장으로 비추어 볼 때, 금각사의 정제되고 화려한 아름다움은 아폴론적인 것이라 할 수 있다. 그렇다면 불태우는 미조구치의 광기에 가까운 행동은 디오니소스적인 것이라 하겠다. 그의 방화는 이성적으로는 용인될 수 없는 충동적이고 파괴적인 행위이며, 이는 혼돈과 광기, 그리고 기존 질서의 전복을 상징한다.

그러나 또 다른 시각에서 볼 때, 미조구치의 방화는 디오니소스적 충동이 낳은 창조적 파괴다. 이는 곧 자신을 억압하던 기존의 완벽한 아름다움과 그것이 가지고 있는 권력으로부터의 해방이자, 새로운 존재로 거듭나기 위한 극단적인 자기 정화의 행위였다.

즉, 아폴론적인 아름다움인 금각사가 소멸됨에 따라, 그 행위의 원천에 자리했던 디오니소스적인 생명 정신은 그에게 폐허 속에서 '살아야겠다'는 강렬한 생의 의지를 불러일으켰다. 금각사의 파괴 이후에야 비로소 그는 자신을 짓눌렀던 모든 억압으로부터 자유로워져 진정한 자신의 길을 발견하고, 새로운 삶의 가능성을 대면하게 된 것이다.

이 소설은 자신에게 가장 귀하고 아름다운 것이 자신을 구속하고 힘들게 할 수 있다고 말한다. 때로는 성장을 위해 스스로의 손으로 이것을 끝장내는 행위가 필요할 수도 있다. 인간은 스스로를 구속하는 아폴론적인 것을 재로 만들어 버릴 수 있는 디오니소스적 불꽃을 가지고 태어난다. 이것을 창조적인 파괴로 사용하느냐 그렇지 못하냐는 순전히 개인의 몫이다.

『금각사』를 읽고   박혜나
미시마 유키오 지음, 허호 옮김, 웅진지식하우스

누구나 자기만의 금각이 있다

보통 사람들이 쉽게 이해하기 힘든 범죄를 저지른 사람들을 깊게 파헤치는 탐사 보도는 텔레비전 프로그램뿐만이 아니라 유튜브 콘텐츠로도 범위를 넓혀 여전히 많은 관심을 받고 있다. 특히 범행의 동기나 목적이 불분명한 묻지마 범죄가 증가하면서 다양한 방식으로 그들의 심리를 분석하고 이해하려 노력하기도 한다. 범죄 보도를 보는 대부분의 사람들이 그렇듯 나 역시 저런 사건의 억울한 피해자가 될 수도 있다는 생각이 들지만 그럼에도 어쩔 수 없는 거리감이 느껴지곤 한다. 보도될 정

도의 흉악한 범죄들을 실제로 접하기 어렵기도 하고 무엇보다 범죄자들의 악의를 굳이 이해해 보아야 할까 하는 의문이 생기기 때문이다.

그러나 인간의 이해하기 어려운 면을 다루는 문학 작품은 현실에서 일어나는 각종 범죄들도 소재로 다루며 우리에게 다시 한 번 더 생각해 볼 것을 권한다. 단순히 실제 사건을 반영하는 데서 그치지 않고, 범죄자 개인의 문제로만 치부하지도 않으며 범죄를 둘러싼 사회와 인간의 존재를 탐구한다. 미시마 유키오의 『금각사』를 읽으면서 '아름다움'에 매료된 한 청년이 어째서 파멸의 길을 택하게 되었는지 도덕적 관점에서 이해하기 어려운 인물을 다른 관점으로 살펴보게 되었다.

아름다운 것을 파괴하려는 욕구

1950년 일본 교토의 금각사가 불타는 사건이 발생했다. 불교 건축의 꽃이라고 불리며 당시에도 또 복원된 현재도 많은 방문객을 불러 모으고 있는 금각사의 방화범은 하야시 쇼켄이라는 도제였다. 체포된 후 그는 경찰 조사를 통해 방화 동기로 스스로에 대한 혐오, 아름다움에 대한 질투, 아름다운 금각과 함께 죽고 싶었으며 사회에 대한 반감을 가지고 있었다고 밝혔으나 나중에는 그러한 것들에 대해 깊이 생각해 본 적이 없다고 진술을 번복하기도 했다. 이후 하야시에게 정신적인 문제가 있다는 진단이 내려졌지만, 사람들은 주지의 냉대와 금각사 주지가 되려는 희망이 좌절된 것에 앙심을 품고 그가 범행을 저질렀을 것이라 추측했다.

작가 미시마 유키오는 5년간 금각사 방화 사건을 취재하면서 이 소설을 완성했다. 실제 사건을 다룬다는 점에서 『금각사』는 시사소설의 형태를 띠고 있다. 그러나 단순히 실제 사건을 각색하는 데 그쳤다면 『금각사』는 이렇게까지 문학적으로 높이 평가받지 못했을 것이고 여전히 문제적인 소설로 사람들 사이에서 회자되지도 않았을 것이다. 미시마 유키오는 하야시 쇼켄이 방화의 이유로 언급했던 '금각사의 아름다움에 대한 질투'에 주목했다.

하야시가 방화의 이유로 말했던 금각이 가진 미(美)에 대한 동경과 질투는 그가 가진 반사회적 성향을 나타내고 있을 뿐이다. 그러나 미시마 유키오는 이 소설을 통해 아름다움에 대한 질투와 파괴 욕구라는 인간의 이해하기 어려운 일면을 보여주며 오히려 인간을 이해하려는 노력을 치열하게 전개해 간다. 그렇다면 대체 아름답다는 것은 무엇일까?

아름다움에 대한 집착

내가 인생에서 처음으로 직면한 문제는 미(美)였다고 해도 과언은 아니다. 시골의 소박한 승려였던 아버지는 어휘도 부족하기에 단지 '금각처럼 아름다운 것은 이 세상에 없다'라고만 나에게 가르쳐주었다. 나는 자신도 모르는 곳에 이미 미라는 것이 존재하고 있다는 생각에 불만과 초조를 느끼지 않을 수 없었다. 미가 명백히 그곳에 존재하고 있다면, 나라는 존재는 미로부터 소외된 것이다.

소설 『금각사』의 주인공 미조구치는 추남인 데다 말더듬이이며 내성적인 성격을 가졌다. 그는 돌아가신 아버지의 바람에 따라 스님이 되기 위해 금각사의 도제로 들어간다. 이때부터 미조구치는 본격적으로 금각의 아름다움에 매료되어 탐미적인 공상에 몰두하기 시작한다. 추한 자신과는 대조적으로 절대미를 자랑하는 금각은 그에게 소외감을 안겨준다. 그러나 전쟁이 발발하고 폭격이 이어지자 이러한 혼돈 가운데서는 아름다운 금각도 한낱 말더듬이 추남에 불과한 자신도 동일한 존재일 수 있다고 생각한다. 하지만 종전 후 아무런 피해를 입지 않은 금각은 여전히 아름다움을 자랑하는 칭송의 대상이다. 반면 자신은 변함없이 사람들이 꺼리는 말더듬이 추남일 뿐이다. 아름다운 금각에 대한 찬미의 감정이 초라한 자신과의 비교로 이어지고 그러다 금각에 대한 질투가 심해졌다.

외부 세계와의 단절은 스스로에게 더욱 집중하도록 만들고 이는 자신이 가진 콤플렉스에 대한 고통만 더하게 한다. 아버지가 금각의 아름다움에 대해 말해주지 않았더라도 그는 다른 정상적인 것, 사람들이 아름답다고 여기는 것들과의 비교를 통해 스스로를 더욱 보잘것없고 쓸모없는 존재로 내면화했을 가능성이 높다. 이렇게 본다면 미조구치가 가진 금각에 대한 집착은 사회가 정한 정상성에 대한 갈망이라고도 볼 수 있다.

소수자를 배척하는 정서가 만연한 곳에서 외모가 아닌 내면의 아름다움이 더 중요하다는 말은 공허하게 들릴 뿐이다. 이런 환경에서 장애를 가진 사람들이 자존감을 지키고 타인과 사회에 긍정적인 태도를 유지하는 것은 보통 사람들보다 몇 배는 힘든 일이다. 지금도 비윤리적인 범죄를 저지른 사람에 대해 우리가 가장 쉽게 접근하는 방법은 그가 가진 비정상적인 면모를 찾아내는 것이다. 사회가 정한 정상의 기준에서 벗어난 사람들이 정서적으로 불안정하고 또 폭력적인 성향을 보일 가능성이 높다고 가정하는 것이다. 이렇게 본다면 미조구치가 방화라는 극단적인 선택을 한 데에는 말더듬이 자신이 비정상으로 취급받고 추한 존재로 인식되는 사회의 책임도 있다.

내 마음속의 금각

나는 단지 홀로 있고, 절대적인 금각은 나를 감싸고 있었다.
내가 금각을 소유하고 있다고 해야 옳을까, 소유 당하고 있다고
해야 옳을까? 아니면 모처럼 균형을 이뤄, 내가 금각이고
금각이 나인 상태가 가능해지려는 것일까?

사실 금각사도 미조구치가 처음에 그랬듯이 기대를 가지고 관람했다가 실망하는 사람들이 제법 된다고 한다. '제 눈에 안경'이란 말처럼 아름다움이란 건 주관적이고 개인적인 속성을 가진다. 그렇기에 아름다운 대상은 그 아름다움을 느끼는 사람과 뗄 수 없는 관계에 있다. 미조구치가 아름다움에서 소외되었다고 생각했음에도 불구하고 아름다운 금각과 일체감을 느낀 것도 충분히 이해되는 일이다.

그렇지만 미조구치에게 금각은 영구적인 아름다움이며 동시

에 중요한 순간에 뚜렷한 형상으로 나타나 그를 가로막는 장애물이다. 계속 그를 따라다니던 자기혐오와 금각에 대한 과도한 집착에서 벗어나기 위해 그가 택한 방화는 범죄행위이기 때문에 비난받을 수밖에 없다. 그러나 미조구치의 입장에서 일인칭으로 전개되는 소설을 읽다 보면 그를 도덕적인 잣대로만 판단하기 어려워진다. 미시마 유키오의 수려한 문장은 미조구치의 극단에 이르는 심리를 탁월하게 묘사하며 인간이 가진 어두운 면을 판단이 아니라 관찰하도록 만든다.

미조구치는 금각에 불을 지르고 자신도 생을 마감하고자 계획하였으나 수면제와 칼을 버리고 담배를 한 대 피우면서 결국 다시 살아가야겠다고 생각한다. 금각은 이미 그의 일부이기 때문에 금각을 불태움으로써 그 자신의 고통까지 없애버린 것일까. 그러나 사람이 가진 콤플렉스는 원인이 되는 대상을 제거하는 것이 아니라 스스로를 있는 그대로 받아들일 때만 극복된다. 그렇기 때문에 계속 살아야겠다는 결심은 희망이 될 수도 있고 또 다른 절망이 될 수도 있다. 과연 그는 자기 내부의 금각까지도 불태우고 진정한 내적 자유를 얻게 될까.

미시마 유키오가 극단적으로 표현하긴 했지만 사람들에게는 누구나 자기만의 '금각'이 있다. 완벽해 보이는 대상과의 비교를 통해 열등감을 느끼는 것은 자연스러운 일이기 때문이다. 나에게도 불태우고 싶었으나 하지 못했던 금각이 마음속 어딘가에 존재하는 것은 아닌지 생각해 보게 된다. 외적 자극이 넘쳐나는 시대에 이러한 불편하고 어려운 내적 고찰을 가능하게 하는 것이 문학이 갖는 가장 큰 힘이 아닐까.

『불멸』

밀란 쿤데라 지음, 김병욱 옮김, 민음사

소설가는 현실을 탐구하는 것이 아니라 존재를 탐구한다.

그리고 존재란 일어났던 일이 아니라 인간이 될 수 있는 모든 가

능성, 인간이 할 수 있는 보는 것이다.

_밀란 쿤데라

쿤데라가 전하는 불멸의 방식

우리는 가족이나 친구 외에 누구를 오래 기억할까. 역사 속에 등장하는 위인들, 뉴스 속 인물들, 혹은 SNS나 유튜브 속에서 영향력 있다는 사람들일까. 놀랍게도 많은 이들이 가장 깊이, 가장 오래 기억하는 존재는 실존하지 않는 인물들이다. '죽느냐, 사느냐'를 물으며 여전히 인간 존재의 본질을 되짚고 있는 햄릿, 풍차를 향해 돌진하는 우스꽝스러운 이상주의자 돈키호테. 제인 에어는 언제나 고집스럽고 도덕적인 눈빛으로 우리를 응시하고, 위대한 개츠비는 황금빛 파티와 초록빛 불빛 속에 영원히 홀로 서 있다. 이들은 모두 현실에 존재하지 않는 허구의 인물이지만 오히려 현실을 압도하고, 우리의 기억에 그 이미지로서 각인되어 현실보다 더 오래, 더 깊이 살아남는다. 밀란 쿤데라의 『불멸』은 바로 이 현상에 대한 문학적·철학적 탐구다. 쿤데라는 단순히 이야기를 전달하는 것이 아니라, 현실과 허구의 경계를 해체하고 재구성하며, 문학이 존재론적 실험의 장이 될 수 있음을 보여준다. 또한 허구가 어떻게 현실을 침범하고, 결국에는 현실보다 더 오래 살아남는지를 집요하게 파고든다.

현실 vs. 허구: 경계의 해체

『불멸』에서 쿤데라는 현실과 허구의 경계를 해체하는 방식으로 독자에게 서사적 혼란을 유도한다. 소설의 시작부터 그는 작가 자신인 작중 작가 '나'를 등장시키며, 아녜스라는 인물을 창조하는 순간을 묘사한다. 그녀는 처음에는 단순한 상상 속 인물로 제시되지만, 곧 작가의 시선 속에서 살아 움직이며, 감각적으로 인식되는 존재로 변모해 독자는 서서히 아녜스를 실제 인물처럼 받아들이게 된다. 작품은 현재의 삶을 대표하는 두 자매 아녜스와 로라, 아녜스의 남편 폴의 이야기를 다루는 한편, 역사적 인물인 괴테와 베티나, 혹은 헤밍웨이와 괴테, 베토벤의 이야기 등을 교차시키며 그들을 허구의 인물처럼 다루고 서사 속에서 자유롭게 변형시킨다. 또한 작가 자신인 작중 작가 '나'가 작중 아베나리우스 교수와 대화를 나누기도 한다.

독자는 이 작품을 읽으며 끊임없이 혼란을 느낀다. 누가 실제 인물이고 누가 허구의 인물인가? 역사 속 인물들 간의 대화는 역사적 사실인가, 작가의 상상인가? 하지만 바로 이 지점에서 독자는 쿤데라가 의도한 대로 현실과 허구의 경계가 얼마나 유동적인지를 체험하게 된다.

이러한 서술 방식은 단순한 허구의 창조를 넘어서, 작가가 자신이 창조한 세계 속으로 들어가 인물들과 상호작용하는 메타픽션 구조를 형성한다. 작가는 이야기의 창조자이면서 동시에 관찰자이며, 때로는 인물에게 통제권을 넘겨주는 존재로 등장한다. 작가와 인물 사이의 위계는 무너지고, 허구는 더 이상 '지어낸 이야기'가 아니라, 현실을 구성하는 또 하나의 층위가 된다. 허구의 인물들과 실존 인물들이 나란히 배치됨으로써 독자는 허구가 현실을 해석하고 재구성하는 능동적 장치임을 깨닫게 되는 것이다. 이로써 쿤데라는 독자가 소설을 단순한 허구가 아닌, 존재론적 진실을 담은 구조로 받아들이게 한다.

몸짓과 이미지: 존재의 철학적 성찰

쿤데라는 『불멸』에서 현대 문명을 비판하기 위한 철학적 사유를 단순한 개념이 아닌 감각적인 모티프를 통해 풀어낸다. 그 중에서도 '몸짓'은 반복적으로 등장하는 핵심 상징이다. 수영장에서 본 한 노부인의 손을 흔드는 단순한 몸짓으로부터 아녜스라는 인물이 탄생하고, 이 몸짓은 소설 전반의 인물들을 잇는 하나의 모티프로 작동한다. 쿤데라에 따르면 인물의 몸짓은 '개인보다 더 개인적인 것'으로 우리가 의식하든 하지 않든 자신을 타인에게 각인시키는 방식이다.

또한 쿤데라는 이데올로기가 지배하던 시대가 끝나고, 이미지가 실재를 대체하는 '이마골로기(imagology)의 시대'가 도래했다고 선언한다. 인간은 불멸을 욕망하기 때문에 누군가에게 기억되기를 원하지만, 사람들이 기억하는 우리는 결국 그들이 만들어낸 이미지일 뿐, 우리 자신은 아니라는 것이다. 이러한 세계에서 인간은 자신의 진정한 자아로부터 완전히 분리된 채 '자신의 이미지'만 투영된 존재로 살아간다. 이러한 설정은 현대 사회에서 인간 존재가 점점 이미지화되고 있다는 현실을 반영한다. 불멸이란 단순히 존재의 지속이 아니라, 타인의 기억 속에서 반복되고 소비되는 이미지로 환원된다는 점을 비판적으로 조명한 것이다. 인간은 '어떻게 살아가는가'보다 '어떻게 기억되는가'에 집착하며, 존재의 본질은 점차 시각적 재현과 서사적 편집 속에서 흐려진다.

그렇다면 오늘날 우리가 이미지의 지배를 거부하고, 다르게 존재할 가능성은 남아있는가. 쿤데라는 '얼굴 없는 세계'를 꿈꾸는 아녜스를 통해, 자아로부터 해방되어 '존재'하는 삶에 대하여 이야기한다. 그녀는 더 이상 사랑하지 않게 된 이 세계의 추함을 느끼고 아름다움에 대한 갈망을 통해 존재의 의미를 찾으려 하지만, 그 욕망은 타인에게 이해받지 못한다. 그녀는 그 세계로부터 벗어나고자 가족을 떠나고, 도시를 떠나며, 전통적인 불멸의 이미지-천국에서의 영원한 행복-를 거부한다. 이미지로 남는 것보다 자기만의 방식으로 존재의 의미를 찾으려 한 것이다.

산다는 것, 거기에는 어떤 행복도 없다. 산다는 것, 그것은
이 세상에서 자신의 고통스러운 자아를 나르는 일일 뿐이다.
하지만 존재, 존재한다는 것은 행복이다. 존재한다는 것,
그것은 자신을 샘으로, 온 우주가 따뜻한 비처럼 내려와
들어가는 돌 수반으로 변모시키는 것이다.

불멸의 방식

불멸은 기억되고자 하는 욕망과 망각에 대한 두려움 사이에서 형성된다. 작중 아녜스의 동생 로라는 "내게 있어 진정한 삶이란 그런 것 같아. 다른 누군가의 생각 속에 살아 있는 것 말이야. 그렇지 않다면, 난 산송장이나 다름없어"라며 그 불멸에의 욕망을 드러낸다. 불멸은 누군가의 기억 속에 남는 것, 잊히지 않는 것과 관련돼 있어 쿤데라는 이를 통해 '기억되는 것'이 곧 '존재하는 것'이라는 관점을 소개한다. 그러나 작중 사후 세계의 헤밍웨이가 자신의 책은 읽지 않으면서 자신을 자유분방한 가십 속 이미지로 소비하는 사람들로 인해 자신이 영원한 구형(求刑)에 처해졌음을 토로하는 장면은 불멸한다는 것이 정작 불멸의 대상은 죽음과 함께 사라지고 대상의 덧씌워진 이미지만 불멸하게 되는 아이러니를 그린다.

이에 대해 아녜스가 선택한 것은 완전한 고독 속에서의 존재다. 그녀는 타인과의 관계 속에서 기억되기를 거부하고, 오히려 관계의 단절을 통해 자신만의 진실을 구축한다. 쿤데라는 이를 통해 인간관계의 위기로 정의되는 포스트모던적인 조건을 비판하며, 불멸이란 결국 타인의 기억 속에 남는 것이 아니라, 자기 내면의 지속성에서 비롯된다는 점을 제시한다.

그는 또한 타인의 기억 속에 남고자 하는 '불멸'이라는 욕망이 실현되는 방식으로 문학을 선택한다. 우리는 누군가의 이야기 속에서 살아가고, 또 누군가에게 기억되기를 원한다. 소설은 그 기억의 형식이며, 인간 존재의 흔적을 남기는 가장 정교한 방식이다. 실제 삶에서 인간은 종종 존재의 이유를 찾기 어렵다. 그러나 문학작품 속 인물들은 서사 속에서 명확한 목적과 성격을 부여받으며, 고유한 이미지로 고정된다. 그들은 변화하지 않는 존재로 남아, 현실의 인간보다 더 오래, 더 깊게 기억된다. 바로 그 점에서 문학은 불멸을 획득한다. 또한 작가 역시 메타픽션적 장치를 통해 작가 자신이 텍스트 속에서 불멸하는 방식, 즉 창조를 통해 존재를 확장하는 방식으로 불멸하게 된다.

『불멸』은 우리가 허구라 부르는 세계가 어떻게 현실을 재구성하고, 존재의 본질을 되묻는지를 보여준다. 허구는 단순한 이야기 전달을 넘어, 철학적 질문 - 우리는 누구인가, 우리는 어떻게 기억되는가 - 에 접근하는 방식으로 기능한다. 쿤데라는 이미지와 몸짓, 그리고 기억이라는 감각적 기호를 통해 인간의 불멸에 대한 욕망을 해부하여 존재로의 지속가능성을 제시한다. 타인의 기억 속에 남고자 하는 인간의 본능에도 불구하고, 기억은 왜곡되고 우리는 타인이 만든 이미지로 살아가게 된다. 그러나 『불멸』은 허구를 통해 그 왜곡 너머의 진실을 기록하여 존재를 확장하고, 문학이야말로 인간 존재를 가장 오래도록 증언하는 방식임을 말하고 있다. 이것이 우리는 '참을 수 없는 존재의 가벼움'이자 필멸의 존재이지만 작품 속 등장인물들로 문학이 영원하길 바랐던 쿤데라가 전하는 불멸의 방식이다.

'있어빌러티'한 불멸

　밀란 쿤데라는 필립 로스와의 인터뷰에서 소설의 종합적 능력은 아이러니가 담긴 에세이, 소설적 서사, 자전적 단편, 역사적 사실, 환상의 나래 이 모든 것을 결합하여 다성음악의 성부들처럼 통일된 전체를 만들 수 있다고 말했다. 『불멸』은 이러한 소설의 종합적 능력을 잘 보여주는 작품이다.

　총 7부로 구성된 에세이, 역사서, 소설의 서사를 담은 합작품으로 보인다. 1부 「얼굴」, 3부 「투쟁」과 5, 6부는 소설의 주인공 '아녜스'와 '로라'의 이야기가 주축이며, 다양한 인물 관계와 사건들을 통해 인간 내면과 외면의 불일치, 인간관계의 갈등 구조를 보여준다. 2부 「불멸」과, 4부 「호모 센티멘털리스」는 괴테와 베티나의 이야기다. 그 외에 베토벤과 나폴레옹, 헤밍웨이 등 걸출한 역사적 인물들의 이야기도 들려준다. 마지막 7부는 밀란 쿤데라 특유의 메타픽션적 기법을 보여주는 대표적 예로, 작가가 작품 속 허구의 인물과 직접 대화하는 방식으로 현실과 허구의 경계를 흐리며, 독자에게 혼란을 초래한다. 책은 550쪽에 달하는 많은 내용을 담았으나, 여기서는 소설 속 세 여인의 삶의 관점에서 『불멸』을 접근하고자 한다.

고독한 아녜스

작 중 작가가 우연히 본 육십 대 여성의 몸짓과 미소에서 소설은 시작한다. 몸짓이 아름다운 그녀 '아녜스', 지적이며 이성적이고 주변의 사건들과 사람들을 지나치게 객관적으로 바라보는 여자다. 인정받고자 하는 욕구나 타인의 시선에는 관심이 없다. 그녀는 승강기 안이 혼자만 머무를 수 있는 공간이기에 가족들과 함께하는 집보다 더 안정감을 느낀다.

고독, 그것은 시선들의 감미로운 부재(不在)

고독에 대한 그녀의 시선이 매혹적이다. 인간(人間)의 정의를 '사람 간의 관계를 맺는 존재'로 본다면 아녜스는 인간이길 거부하는 유형이라 볼 수 있다.

인간도 마치 공장에서 찍어낸 자동차처럼 본질 없는 존재일 뿐이고 자동차의 제조 일련번호처럼 우연한 특징의 조합인 얼굴이 구분 짓는 잣대일 뿐

아녜스는 얼굴, 몸짓, 말소리 등으로 형성되는 인간의 이미지는 실체와 다르다고 생각하며, 인간에 대한 외부적 가치나 불멸에도 회의적인 태도를 보인다. 그녀는 누구에게도 기억되지 않기를 바라며, 불멸이 아닌 소멸을 원하는 듯하다.

관종의 로라

또 한 명의 주인공 로라는 아녜스와 달리 자신의 존재를 드러내는데 거리낌 없고, 요즘 말로 '관종'(관심받고 싶어 하는 사람)에 가까운 인물이다. SNS에 중독돼 일상과 감정, 생각들을 과도하게 공개하고, 타인의 '좋아요'와 댓글, 팔로워 수에 집착하는 모습이 그려진다.

로라에게는 죽음조차도 자신을 알아봐 주길 바라는 수단이다. 그녀는 수시로 자살을 예고한다. 자신의 슬픔을 알아주길 바라는 마음에 검은 선글라스를 착용한다. 본인의 감정을 적극적으로 드러내고, 이해와 편들어주기를 노골적으로 요구하는 인물, 바로 아녜스의 동생 로라다.

쿤데라는 작품 속에서 '생전에 알고 지낸 사람들의 기억에 남는 어떤 인물에 대한 추억'을 '작은 불멸'로, '생전에 몰랐던 이들의 머릿속에도 남는 어떤 인물에 대한 추억'을 '큰 불멸'로 구분해 정의한다. 로라는 '작은 불멸'을 추구하는 인물이다.

불멸의 베티나

베티나는 이전 독일 화폐에 그녀의 모습이 새겨질 만큼 그 존재가 널리 알려져 있다. 밀란 쿤데라의 『불멸』에서 만나는 베티나는 걸출한 예술가 - 괴테, 베토벤 - 의 연인으로서, 큰 불멸의 이미지를 만들고자 하는 욕망의 화신이자, 목적 달성을 위해 치밀하고 저돌적인 행동녀로 그려진다. 하지만 한편으로 베티나는 정치적 신념을 바탕으로 적극적으로 행동한, 시대를 앞서간 여성 지식인이기도 했다. 빈곤층을 위해 힘을 보태고, 유대인

차별에 맞서며, 양심수 권익 보호에도 앞장섰던 행동가였다. 쿤데라가 그려낸 베티나의 이미지와 사회적 책임을 실천한 또 다른 베티나의 모습은 동일 인물이라고 보기엔 다소 이질적으로 느껴진다. 그러나 동시대의 낭만주의 작가 카롤리네 슐레겔셰링은 '베티나의 지적인 내면과 거침없는 행동이 일치하지 않는 것은 당연하다. 바로 그 괴팍함이 베티나를 사랑스러운 존재로 만들고 있다'고 표현했다. 이 말을 떠올리면, 상반된 두 모습이 공존하는 복합적인 베티나의 매력이 설득력 있게 다가온다.

베티나는 '큰 불멸'을, 로라는 '작은 불멸'을 원한다. 물론 아녜스처럼 누구에게도 잊히고, 소멸을 바라는 이도 있다. 하지만 많은 사람들은 로라나 베티나처럼 자신의 흔적을 타인의 기억 속에 남기고자 하는 불멸을 꿈꾼다. 이들은 역사가 끝나는 곳에서 여러 견해를 가진 이들에 의해 각기 다른 이미지로 그려진다. 그들의 삶이 끝났을 때, 더 이상 자신의 이미지를 만들거나 변호할 수 없는 상태가 되었을 때 '이마골로기'는 만들어지기 시작한다.

'이마골로기'는 밀란 쿤데라가 만든 신조어이다. '이미지'와 '이데올로기'의 합성어로 어떤 신념, 이념의 실질적 내용보다는,

그 이념을 대표하는 겉모습, 상징과 같이 이미지에 집중하는 개념의 신조어로 불멸을 설명한다. 그리고, '이마골로그'들에 의해 불멸의 이미지는 의도적으로 만들어진다고 주장한다. 여론조사는 이마골로기 권력의 도구라고도 말한다. 이마골로기는 긍정적 또는 부정적인 평가 속에 과장되거나 축소되고, 때로는 왜곡된다. 결국 큰 불멸을 이룬 역사적 인물들이나 예술 작품이 이마골로그들의 계략에 좌지우지되지 않도록 하는 힘은 남겨진 우리들의 몫이다.

밀란 쿤데라 역시 다양한 불멸의 이미지를 지니고 있다. 그는 음악뿐만 아니라, 소설, 희곡, 에세이, 시 등 여러 장르에서 폭넓은 작품 활동을 펼치며 다채로운 면모를 보여준다. 정치풍자와 철학적 사유, 인간 존재에 대한 탐구 등 다양한 주제에 몰두하는 그의 모습은 박식한 지성인의 이미지를 더한다. 그래서인지 쿤데라의 작품에는 하고 싶은 말이 가득 담겨있어, 난해하게 느껴진다. 불멸을 읽고 나면 거장 밀란 쿤데라의 세계를 만났다는 뿌듯함을 느낄 수 있다. '있어빌러티'(있어 보인다는 표현), '텍스트힙'한의 이미지로 '작은 불멸'을 추구하고자 하는 분들에게 밀란 쿤데라의 『불멸』을 권한다.

『카인』

주제 사라마구 지음, 정영목 옮김, 해냄

책은 세상을 바꾸지 않는다.

그러나 책을 읽은 사람이 세상을 바꾼다.

역사는 반복되지 않는다.

다만 인간이 같은 실수를 반복할 뿐이다.

_주제 사라마구

신을 의심하라

(독자 여러분에게 우선 밝힙니다. 주제 사라마구 작품 『카인』을 읽은 후 책 내용을 바탕으로 가상으로 카인을 인터뷰했습니다. 글쓴이가 인터뷰 질문을 임의로 작성했고 답변 또한 책 내용을 바탕으로 글쓴이의 주관적 해석으로 작성했음을 알립니다. 글 속 법적, 의학적 소견은 사실이 아니고 소설적 구성입니다.)

이번 『혼자서는 안 읽었을 책들 3』 지면에서는 동생 아벨을 죽인 죄로 재판을 받는 카인을 만나 인터뷰한 내용을 다루었습니다. 창세기에 죄를 짓고 유랑하다 잡혀 21세기 현재에 재판 받는 카인입니다. 그의 이름은 인간의 죄와 회개를 촉구하는 데 거론되는 '죄지은 자'입니다. 카인의 눈을 통해 신의 존재와 역할에 의문을 제기하고 우리가 살아가는 인간 세상을 되돌아봅니다. 직접 그의 이야기를 듣습니다.

인터뷰 전에 독자 여러분의 이해를 돕기 위해 사건을 간단히 정리했습니다.

1. 사건의 개요입니다.

카인이 동생 아벨을 살해했습니다. 구체적 살해 방법은 밝혀진 바 없습니다.

증거는 없고 목격자는 하느님(초자연적 존재)뿐이며 살인 동기는 질투로 기록되었습니다.

시기는 고대 창세기 시대인바 인류 초기로만 알려졌고 장소는 인적없는 들판이고 피가 묻은 흔적이나 DNA를 발견하지 못한 것으로 밝혀졌습니다. 당시 법체계·사회규범이 불명확하여 처벌을 못 한 상태입니다.

2. 절차적 문제가 제기되었고 피의자 카인의 상태도 지적되었습니다.

▶ 당시에는 형법·재판 제도가 없으므로 '당시 유효한 법률이 없었다'라고 주장되고 법적 관할권이 부재합니다. 또한 증거가 없는 것도 문제입니다. 유일한 증거가 '신의 증언'인데, 법정에서는 신의 존재·발언을 객관적 증거로 인정하기 어렵다고 합니다.

▶ 카인의 정신·심리 상태도 검사해야 하는 것으로 나왔습니다. 강한 질투심과 하나님의 차별적 대우로 인한 극심한 심리 불안 상태로 계획적 살인보다 순간적 분노에 의한 범행 가능성이 있어 이는 심신미약으로 받아들일 수 있습니다. 심리 인지 발달 상황에 대한 정밀한 검사가 필요하다는 의사의 의견입니다.

▶ 유전적·환경적 요인도 거론하고 있습니다. 아담과 하와 이후 인류 초기 세대의 도덕 교육 부족도 큰 문제로 여겨집니다. 이 사건이 일어난 이후 종교계·교육계는 이를 계기로 종교의 순 기능성과 윤리교육 강화를 준비하고 있다고 합

니다.

따라서 카인에게 계획적 살인이 아닌 우발적 살인으로 처벌받을 수도 있지 않을까 조심스레 내다보고 있습니다. 그럴 경우는 1급 살인 대신 과실치사 또는 2급 살인 적용도 가능하다고 내다보고 있습니다. 재판 후 심리치료가 필요하다는 전문가의 견해가 있습니다. 인류에게 영향을 미친 카인의 재판 이후 아직 판결은 나지 않았습니다. 판결이 어떻게 날지 귀추가 주목됩니다.

다음으로 카인을 인터뷰한 내용입니다.

【특집 인터뷰】인류 최초의 살인자, 카인을 만나다.
재판 후… 법원 앞 계단에 서자, 카인은 굳게 다물었던 입을 열었다. 인류 최초의 살인자로 불리는 그에게 기자들은 질문을 던졌다.

Q. 하나님의 편애로 범행을 저질렀다고 하는데, 하나님은 어떤 편애를 한 건가요? 편애라고 하면서 일종의 책임 회피는 아닌가요?

A. 저는 첫 수확 후에 밀 이삭과 씨앗을 하나님께 바쳤습니다. 그런데 저의 제물을 하나님은 마음에 들지 않아 했습니다. 어린 양의 살을 태워 바치는 아벨의 제물은 만족했습니다. 아벨과 저는 다 같이 하느님의 자식인데, 자식의 제물에 대해 어떤 것은 만족하여 받아들이고 어떤 것은 만족하지 않다니 하느님의 선택을 받아들이기 어려웠습니다. 아벨을 죽인 것에 대한 책임에서 도망칠 생각은 없습니다. 하지만 인간이 감당할 수 없는 불평등이란 게 있습니다. 저는 그 불평등 앞에서 무너졌을 뿐입니다.

Q. 아벨이 무슨 잘못을 했다고 생각합니까?

A. 아벨은 잘못이 없습니다. 하나님의 선택을 받은 그라서 부러웠고, 그가 선택받았다고 하는 말로 인하여 마음이 괴로웠고 질투가 났습니다. 잘못이 없는 사람을 향한 질투……. 그러나 단순히 형제간의 질투가 아니라, 신의 불공정에 대한 분노가 겹친 감정이었습니다. 그것이 저를 더 잔인하게 만들었습니다.

Q. 동생을 죽이기 전, 한순간 머뭇거림은 없었나요?

A. 있었습니다. 그러나 그 경고등보다 질투와 분노가 더 밝게 타올랐습니다. 저는 그 불길 속에 저 자신을 던졌습니다.

Q. 당신을 '인류 최초의 살인자 또는 동생을 죽인 살인자'라고 합니다. 부당하다고 여깁니까? 아니면 당연하다고 생각합니까?

A. 억울하지만 사실입니다. 그리고 억울함보다는 부당함이 맞습니다. 내 선택이었지만, 그 선택을 가능케 한 무대는 신이 깔아놓은 것이었죠. 그 호칭은 제 이름보다 오래 남을 겁니다.

Q. 살인 후 10년 동안 유랑했습니다. 유랑하면서 무엇을 보고 배웠는지 말하고 싶은 것이 있습니까?

A. 저는 10여 년 동안 떠돌면서 하나님은 결코 너그럽지도 자애롭지도 않다는 것을 알게 되었습니다. 아브라함이 아들을 희생으로 바치라는 하나님의 명령을 받는 모습을 봤습니다. 그리고 하늘에 닿고자 거대한 탑을 짓는 사람들을 향해 하나님이 허리케인으로 한순간 쓸어버렸습니다. 미

래에 무엇을 바라게 될지 알지도 못하는 아이들은 생각하지도 않고, 하나님이 그들 위에 불과 유황을 내려 벌을 주는 광경도 있었습니다. 시나이산의 기슭에 모인 엄청난 수의 사람들이 금송아지를 만들어 섬겼다고 모두 죽임을 당하는 사건도 목격했습니다. 이스라엘 군대의 병사 서른여섯 명을 죽인 도시에서는 주민과 모든 어린아이까지 완전히 사라져 버린 일을 보았습니다. 또 여리고 시가지와 성벽이 숫양의 뿔로 만든 나팔 몇 개에서 울려 퍼지는 소리로 무너지고, 그곳에 사는 남녀, 노소, 심지어 소, 양, 나귀까지 다 죽은 사건 직접 경험했습니다. 그러한 모습을 보면서 저는 계속해서 하나님의 존재에 대해 의심하고 하나님은 무슨 일을 하는가 되물었습니다.

Q. 그렇다면 당신은 죄인이라기보다 '신의 부조리를 고발하는 증인'으로 봅니다. 이에 동의합니까?

A. 네. 나는 죄인이자 동시에 증인입니다. 내 죄는 인간적인 것이지만, 내가 목격한 것은 신의 비인간성입니다. 신의 세계에서 인간은 언제나 희생자라는 사실입니다. 신의 시험이라는 이유로 인간은 상처받고 있습니다.

Q. 당신은 끝없이 신과 논쟁을 벌입니다. 그 의미는 무엇일까요?

A. 단순한 반항이 아닙니다. 인간이 끝없이 질문하지 않는다면, 신은 결코 자신의 권력을 의심하지 않을 겁니다. 신을 의심하는 것은 인간의 권리입니다.

Q. 다시 태어난다면 아벨과의 관계를 어떻게 만들고 싶습니까?

A. 그와 함께 밭을 갈고, 함께 제물을 바치고, 자연 속에서 동식물을 기르는 평온한 삶을 누리며 함께 늙고 싶습니다.

Q. 당신의 이야기가 후대에 교훈이 될 거로 생각합니까, 아니면 단순한 경고로만 남을 거로 생각합니까?

A. 둘 다 될 겁니다. 사람들은 저를 욕할 겁니다. 하지만 그 욕 속에 경계심을 심을 수 있다면, 그것으로 충분합니다.

Q. 하나님과 다시 마주하게 된다면 뭐라고 말하겠습니까?

A. 왜 그렇게 하셨냐고 묻겠습니다. 그리고 불행하고 애원하는 자들의 하나님은 어디에 있는 건지 묻고 싶습니다.

Q. 자신을 불행한 인간이라 생각합니까, 아니면 자유로운 인간이라 생각합니까?

A. 나는 불행 속에서 자유를 얻었습니다. 방랑은 형벌이지만 동시에 속박에서 벗어난 삶이기도 했습니다.

Q. 마지막으로 하고 싶은 말은 무엇입니까?

A. 신을 의심하라. 그리고 그 의심 속에서 인간의 존엄을 찾으라 말하고 싶습니다.

이상으로 카인의 인터뷰 기사 마칩니다.

인간은 상처받기 쉬운 존재입니다. 상처의 치유는 신을 믿음으로써 가능할 수도 있습니다. 신을 의심하면서도 고통과 상처받는 인간은 신을 찾습니다. 여러분의 마음속에 어떤 신이 자리 잡고 있는지, 그 신을 통하여 자신이 구원받고 있는지 잘 들여다볼 일입니다. 『카인』을 만난 후 드는 생각입니다.

카인의 메시지

"누군가 당신에게 당신의 진정한 얼굴을 보여줄 날이

와야만 했습니다."

기도로 통곡한다. 내 삶의 끄트머리에서

꼬여버린 내 삶을 원망하고 원망하며 결국 신에게까지 부

르짖는다

"너는 내게 부르짖으라 내가 네게 응답하겠고 네가 알지 못하

는 크고 은밀한 일을 네게 보이리라." (성경 예레미아 33장 3절)

두 손 꽉 부여잡은 손

눈물로 범벅이 된 나의 모습

절망의 밤에

내가 나를 위로하는 밤이 되었다

– 자작시

주제사라마구의 『카인』은 내 삶의 고통에서 사이다를 안겨주었다. 신의 행동에 대해 이해할 수 없었던 부분을 카인이 날 대신해서 조목조목 반박했다.

신의 두 얼굴

에덴동산에서 왜 신은 굳이 선악과를 동산 중앙에 두었는가? 왜 먹지 말라고 하였으면서도 막지 않았는가? 만일 신이 전지전능하다면 아담과 하와가 선악과를 따먹을 것을 알았을 텐데, 그럼에도 금지를 명령한 것은 무슨 이유였을까?

인간이 선과 악을 아는 것은 죄가 아니라, 오히려 인간답게 살아가기 위한 조건일 것이다. 그렇다면 "먹지 말라"는 명령은 인간의 성장을 막는 족쇄인가, 아니면 시험인가. 주제 사라마구의 『카인』은 바로 이러한 의문으로 독자들에게 질문을 던진다.

성경 속 카인은 질투와 분노로 동생을 살해한 최초의 살인자다. 그러나 사라마구는 그를 단순한 범죄자가 아니라, 신의 부조리를 목격하고 끊임없이 질문하는 인물로 재탄생시킨다. 그는 하나님이 이마에 그려준 살인자의 표식를 지닌 채 시간여행자가 되어 구약에 기록된 시공간을 떠돈다. 그가 목격한 것은 아브라함이 하나님의 명에 따라 아들 이삭을 제물로 바치는 장면, 소돔과 고모라의 멸망, 황금소를 숭배했다고 몰살당한 이스라엘 백성, 노아의 방주 등이다. 이들 구약의 '명장면'을 가까이서 보고 경험하며 그가 깨달은 것은 '하나님은 완전히 미쳤다'는 것이다. 카인이 본 장면들은 근현대 사건들과 오버랩 된다. 어린이까지도 무차별적으로 희생시킨 소돔과 고모라는 이스라엘의 팔레스타인 공습, 그리고 황금소 우상숭배는 오늘날도 종교로 인해 빈번히 일어나는 '인종청소'를 연상케 한다.

20세기와 21세기를 관통한 수많은 전쟁과 학살, 종교적 테러와 이념적 광기는 모두 절대적 권위에 대한 무비판적 순종에서 비롯되었다. 이슬람 극단주의 무장단체(ISIS), 이스라엘-팔레스타인 분쟁, 나이지리아 보코하람까지, 인간은 여전히 '신의 뜻'이라는 이름으로 자행되는 폭력 앞에서 침묵하거나 동조해 왔다. 이러한 모습을 보면, 신의 모순은 전지전능함과 자유의지라는 양립할 수 없는 개념에서 드러나는 것을 볼 수 있다. 만약 신이 모든 것을 미리 안다면 인간의 선택은 이미 정해진 각본일 뿐이고, 그렇다면 왜 선택의 결과로 인간을 심판하는가? 선악과를 금지하면서도 막지 않은 것, 아브라함에게 아들을 바치라 명한 후 막판에 막은 것, 무고한 어린이까지 멸망시킨 소돔과 고모라까지. 이는 전능한 존재가 아니라 변덕스러운 독재자의 모습에 가깝다. 진정한 사랑이라면 시험이 아닌 신뢰여야 하지 않을까.

『카인』을 통해 주제 사라마구가 전하는 메시지

사라마구는 카인을 통해 우리에게 묻는다. 당신은 누구의 목소리에 귀 기울이며 살 것인가? 당신의 자유는 어디서 시작되는가? 이는 단순히 종교적 차원의 질문이 아니다. 그것은 곧 "나는 어떻게 살 것인가?"라는 실존적 물음이다. 신의 이름으로, 국가의 이름으로, 혹은 어떤 절대적 가치의 이름으로 강요되는 복종을 거부하고, 자신의 의지로 세계를 살아가려는 용기야말로 사라마구가 우리에게 건네는 인간다운 삶의 조건이다.

사라마구의 문체는 마침표 없이 이어지는 긴 호흡으로 유명하다. 이는 끊임없는 사유의 흐름을 형상화한 것이기도 하다.

카인의 의식 속에서 과거와 현재가, 신화와 현실이 뒤섞이며 흘러가는 것처럼, 우리의 사유 역시 멈추지 않고 계속되어야 한다는 메시지를 담고 있다.

책의 마지막 부분은 카인이 하나님에게 반발해 고의로 노아의 방주 계획을 망친 후 하나님과 계속 언쟁을 하며 이야기의 끝을 맺는다.

사라마구가 『카인』의 출간 기념회에서 "나는 불안을 조장하기 위해 글을 쓴다"고 말했듯, 『카인』은 인간이 맹목적 신앙과 권력에 안주하는 순간, 수많은 전쟁과 학살, 종교적 테러와 이념적 광기 같은 비극이 반복될 것임을 경고한다. 이는 포르투갈인들의 민족 정서 사우다드(saudade)의 한 축을 이룬다고도 할 수 있다. '사우다드'는 떠나간 뱃사람을 그리는 용어이자 라틴어로 고독(solitatem), 포르투갈어의 건강(saude), 인사하다(saudar)라는 의미를 지닌 용어이다. 주제 사라마구는 포르투갈의 살라자르 독재정권 시기에 유년기와 청년기를 보냈던 작가이자, 1974년 무혈 쿠데타를 통한 민주화 과정을 목도했던 작가로서, 한평생 '인류 공동체의 운명'과 '인간다운 삶의 영위'에 둔감해진 현대인들의 무감각을 일깨우기 위한 글을 써왔다. 주제 사라마구는 '카인'을 통해 연대 의식을 잃어버린 현대인, 물질주의와 각종 스마트 기기들이 제공하는 편의성에 함몰되어 수동적인 사고에 갇힌 채 인간다운 건강한 삶을 살지 못하고 있는 현대인들에게 '안녕한지' 묻는다. 그리고 '카인'을 통해 질문하는 인간의 얼굴을 보여준다. 신을 비판할 수 있는 용기, 권위에 맞설 수 있는 자유, 그것이 바로 카인을 통해 사라마구가 전하려는 메시지이다.

신에게 질문한다.

"내 한계를 왜 당신이 정하는가? 나의 하나님은 누구인가? 내 안의 자유의지인가?"

이러한 물음에 어떤 해답을 제시하지 않고, 주제 사라마구는 생전 마지막 작품 『카인』(2009)으로 하나님과 카인의 마무리 하지 못한 언쟁을 하러 떠났다.

F.스콧 피츠제럴드『위대한 캐츠비』

1. 캐츠비의 위대성은 어디에 있는가? 왜 작가는 개츠비를 '위대'하다고 했는가?

2. 개츠비가 쌓은 명성과 부는 오로지 사랑했던 연인인 '데이지'를 향해 있다. 그러나 데이지는 순수한 인물과는 거리가 멀다. 그녀는 시대를 대표하는 가장 속물적 인물이다. 그런 그녀를 향한 개츠비의 맹목성은 '순수한 낭만'인가 아니면 퇴폐적 물질 만능주의 시대의 자기기만인가?

3. 아메리칸 드림이 가진 긍정적인 측면과 그것이 변질되어 불러일으킨 문제점은 무엇인가?

4. 데이지의 남편인 톰의 정부, 머틀을 친 차를 데이지가 운전했고 그것을 개츠비로 오해한 머틀의 남편 윌슨은 개츠비를 총으로 쏘아 살해한다. 그러나 데이지는 그런

상황에 묵묵부답으로 일관한 채 아무런 책임도 지지 않는다. 이를 부유층의 무책임성으로 보아야 하는가?

5. 서술자인 닉 캐러웨이의 역할을 무엇인가?

6. 데이지가 사는 저택 '부두 끝에서 반짝이는 초록색 불빛'은 소설에서 가장 유명한 상징이다. 그 불빛이 상징하는 바는 무엇인가?

이스마엘 카다레 『피라미드』

1. 쿠푸왕이 피라미드를 통해 궁극적으로 실현하고자 하는 바는 무엇인가?

2. 소설 속 '피라미드'의 의미는 무엇인가?

3. 권력자가 권력을 유지하는 방식은 피라미드 속 파라오 무리들의 그것과 유사하다고 볼 수 있는가?

4. 피라미드는 후대에 도굴되거나 훼손된다. 이를 통해 작가가 말하고자 하는 바는 무엇인가?

5. 피라미드의 건설 과정 중에 나타나는 일반 민중들의 의
   식구조를 생각해 보자. 그들은 왜 파라오의 비합리적
   명령에 순응하는가? 그것은 공포 때문인가 아니면 전
   통과 체념, 기대 때문인가?

6. 고대 이집트와 작가 카다레의 모국인 현대 알바니아의
   현실을 비교해 보자. 작가가 고대 이집트 상황을 가져
   온 것은 현대의 독재를 비판하는데 어떤 문학적 효과를
   노린 것이라 생각하는가?

서머싯 몸 『면도날』

1. 진정한 삶의 의미를 물질적 풍요에 두어야 하는가? 아
   니면 영적 진리를 찾는 것에 두어야 하는가?

2. 작가는 작중 인물 래리 대럴에게 가장 깊은 애정을 드
   러낸다. 그는 인도 등지로 여행을 하면서 궁극적인 깨
   달음을 얻으려 한다. 래리가 추구하는 '삶의 의미'는 무
   엇일까? 그의 삶과 대비되는 엘리엇, 이사벨이 추구하
   는 성공, 부, 사랑은 어떻게 다른가?

3. 래리의 구도 과정은 어찌 보면 극단적 개인주의적 행위
   로 보인다. 특히 그는 이사벨과의 결혼을 거부하면서
   자신의 길을 간다. 왜 래리는 이사벨을 받아들이지 못
   했는가? 그것을 이기심으로 봐야 하는가? 아니면 이사
   벨에게 거부당했다고 봐야 하는가?

4. 작가가 말하는 '면도날'의 의미는 무엇인가?

5. '구원의 길은 면도날처럼 지나가기 어렵다' – 우파니 샤
   드
   소설 속 각자 인물들은 인생 여정 속에서 어떤 면도날
   을 지나왔는가? 그리고 그 결과는 어떠한가?

미시마 유키오 『금각사』

1. 인간의 결핍은 그것을 채우려는 욕망으로 발현되곤 한
   다. 미조구치의 결핍은 무엇이며 미조구치에게 금각은
   어떤 의미였는가?

2. 자신의 욕망을 투영한 '절대적이고 영원한 아름다움'인
   금각을 태우려는 미조구치의 심리는 어떤 것인가?

3. 미조구치는 자신이 지닌 말더듬을 장애로 여긴다. 그리고 또 다른 인물 가시와기 역시 심한 안짱다리라는 육체적 장애를 지닌 인물로 묘사된다. 그러나 두 인물은 자신의 장애를 다르게 인식한다. 자신이 가진 결점을 드러내야 하는가? 아니면 감추어야 하는가? 그것으로 인한 결과는 무엇인가?

4. 금각사는 제2차 세계대전 종전 직후의 일본이 배경이다. 전쟁의 패배와 기성 가치관의 붕괴라는 시대적 상황은 주인공 미조구치에게 어떤 영향을 미치는가?

5. 미조구치가 금각을 불태우는 행위를 개인적 광기로 보아야 하는가? 아니면 새로운 시대를 열고자 하는 (개인적, 사회적) 열망으로 보아야 하는가?

밀란 쿤데라 『불멸』

1. 밀란 쿤데라는 작품 속에서 '역사 속에 남는 큰 불멸'과 '주위 사람들의 기억 속에 남는 작은 불멸'을 이야기한다. 쿤데라가 말하는 '큰 불멸', '작은 불멸'의 내용을 찾아보고 당신은 어떤 불멸이 더 가치 있다고 생각하는지

이야기해 보자.

2. 불멸이라는 단어는 죽음이라는 단어로부터 파생되고 시작된다. 삶이 영원하다면 굳이 불멸을 논할 이유가 없을 것이다. 불멸이 죽음에서 시작되는 역설적 의미는 무엇인가?

3. 소설에서 이야기를 이끄는 두 주인공 로라와 아녜스는 각각 어떤 삶을 사는 인물로 상징되는가? 그리고 두 인물 중 당신과 더 가깝다고 생각하는 인물은 누구인가?

4. 밀란 쿤데라는 작품 속에서 '이마골로기'라는 신조어에 대해 언급한다. 이 말의 의미는 무엇인가? 그리고 쿤데라의 말처럼 자아가 실재하는 것이 아니라 단지 이미지로만 존재한다면 우리는 무엇을 '나'로 정의할 수 있는가? 인스타그램 등의 SNS 활동과 비견하여 말해 보자.

5. 작가는 〈프라하의 봄〉으로 영화화된 그의 작품 『참을 수 없는 존재의 가벼움』을 보고 실망을 금치 못했다고 한다. 그 이후 아무도 영화화할 수 없게 독특한 방식(포

스트 모던한 기법)으로 작품을 서술하였다. 그의 소설 기법에 대해 논해 보자.

주제 사라마구 『카인』

1. 사라마구는 기존의 전지전능한 신을 변덕스럽고 잔인하며 실수를 저지르는 존재로 묘사한다. 왜 그랬다고 생각하는가?

2. 아벨의 제물만을 받은 하느님에 분노한 카인은 아벨을 살해한다. 자신의 제물을 거부했기 때문에 살인 충동을 일으킨 카인은 유죄인가? 아니면 시험을 가장한 차별과 폭력을 신이 먼저 행했기에 신의 책임도 있다고 봐야 하는가?

3. 카인은 아벨을 죽인 후 하느님으로부터 아무도 그를 죽이지 못하게 하는 낙인을 부여받는다. 낙인의 의미는 무엇인가? '영원히 빌을 빌을 의무'인가 혹은 '신에게서 독립할 자유'인가?

4. 주제 사라마구의 소설 속 카인은 신에게 질문을 던지고 저항한다. 이러한 카인의 저항을 어떤 의미로 받아들여야 하는가?

5. 소설 속 카인은 여행자이다. 성경 속 여러 도시, 장면들을 떠돈다. 소돔과 고모라, 여호수아의 여리고 성, 노아의 방주 속에 등장하여 신의 계획을 파토내며 문제점을 지적한다. 이를 통해 드러내고자 하는 작가의 의도는 무엇인가?

3부

고독과 기억

잃어버린 나를 기억하다

『사물들』

조르주 페렉 지음, 김명숙 옮김, 펭귄클래식코리아

작가로서 나의 야망은, 내가 이미 밟은 길을 되밟는 느낌 없이,

미리 다져진 길로 돌아가 있다는 느낌 없이

현대 문학 전체를 횡단하며,

오늘날 누군가가 쓸 수 있는 모든 것을 써보는 깃이다.

_조르주 페렉

여기서 불행이 시작된다

친구가 꽃을 안고 환하게 웃는다. "#생일 #남산 #내사랑" 팔을 걸친 테이블 위에는 작은 민트색 상자가 상큼하게 놓여 있다. 그러고 보니 꽃다발 뒤로 빛을 정확하게 받은 목걸이가 눈부시게 반짝인다. 배경은 딱 봐도 호텔인데, 어디일까? 친구가 준 힌트대로 남산타워의 상단이 그녀의 머리 위로 살포시 솟아 있다. 친구는 한 장의 사진과 세 개의 해시태그로 이야기한다. 오늘이 자신의 생일임을, 선물로 티파니를 받았음을, 그곳이 하얏트 호텔임을, 너무 행복했음을, 그리고 그 모든 행복을 제공한 사람이 자신의 애인임을. 그는 그런 사람이고, 나는 이런 사람임을…….

내가 먹는 음식, 내가 가는 여행지, 나와 관계 맺는 사람들은 나에게 달린 해시태그다. 나를 둘러싼 사물들이 가장 간명하게 나를 설명한다. 조르주 페렉의 『사물들』은 소유와 소비로 자신을 증명하려 했던 젊은이들의 이야기를 담고 있다. 이제 막 대학을 졸업한 실비와 제롬 커플은 신혼집과 가구, 의상, 문화생활을 통해 자신들의 고급스러운 취향을 실현하길 원한다. 하지만 평범한 사회초년생의 살림은 빠듯하다. 조그만 아파트에 살며 겨우겨우 휴가를 다녀오고, 중고시장을 돌고, 친구들과의 저녁 모임을 위해 아침 점심은 형편없는 식사로 때운다. 어찌 보면 귀여울 수도 있는 이 젊은 부부의 분투가 암울하게 느껴지는 것은, 이들이 가진 욕망과 부가 앞으로도 영원히 일치되지 않을 것 같은 예감 때문이다.

희망이 사람을 미치게 한다

어떤 사회학자나 심리학자는 신분 사회에 사는 사람들의 행복 지수가 오히려 높다고 주장한다. 정해진 만큼 꿈꾸고 딱 그

만큼만 성취하면 되기에 경계 안에서 안정감을 느낀다고. 반면 누구에게나 기회가 열려 있는 사회는 욕망의 크기에도 한계가 없어 만족감을 느끼기 더 힘들다고 한다. 실제로 이 세상은 노력하면 얻을 수 있다고 말한다. 부를 소유하는 데 제한을 두지 않으며, 맨바닥에서 자수성가하는 누군가가 분명히 있다. 크게 말썽부리지 않고 착하게 살아왔건만 내가 이룬 것은 참으로 보잘것없다.

오늘날 현대사회는 사람들이 점점 부유하지도 가난하지도 않게 되어가고 있다. 누구나 부를 꿈꾸고 부자가 될 수 있는 시대이다. 여기서 불행이 시작된다.

실비와 제롬의 불행은 여기서 시작되는 것 같다. 웬만한 건 돈으로 살 수 있고 누구나 부자가 될 수 있는 세상에서 나는 부자가 못 되는 현실 말이다. 얼마나 더 노력해야 하는 걸까. 희망이 사람을 미치게 한다.

결국 원래의 상태로 돌아간다

실비와 제롬은 최선을 다해 소비했다. 부자처럼 살기 위해 –

혹은 사기 위해 - 끊임없이 안목을 높였고, 부지런하게 움직였고, 정신의 고양을 위해 몸의 인내와 희생을 감수했다. 하지만 그렇게 산 행복이 오래가지 못했다.

원래의 상태로 돌아갔다. 일종의 계약,
그들이 대가를 지불했던 무엇, 불안정하고 딱한 무엇인가,
잠깐의 행복한 순간이 사라지면서 그들은 더 위험하고
더 불확실해 보이는 일상과 삶으로 내동댕이쳐졌다.

친구들과의 술자리, 영화관람과 평, 현학적인 언어로 세상을 비웃던 시간은 달콤했지만 짧았다. 연극이 끝난 배우가 어둠과 정적에 휩싸이듯, 제롬과 실비도 텅 빈 상태로 되돌아와야 했다. 잠깐의 행복한 순간이 사라지고 나면 원래의 비루하고 볼품없는 세계로 돌아간다. 소비의 속성이다.

부자처럼 사는 것은 고달프다. 끊임없이 미와 여유를 추구해야 한다. 하지만 안타깝게도 바로 그 추구가 타고난 부자가 아니라는 증거였다.

그들은 추구해야만 했다. 차츰 부자가 될 수는 있었다. 하지만 처음부터 부자였던 것처럼 살 수는 없었다. 그들은 안락한 가운데 미를 추구하며 살고 싶었다. 그들은 목청을 높이며 감탄하곤 했는데, 이것이 바로 부자가 아니라는 제일 확실한 증거였다. 몸에 배서 너무나 당연한 것, 몸의 행복에 따르기 마련인, 드러나지 않고 내재하는 진정한 즐거움이 그들에게 부족했다.

내재하지 않기에 추구하는 것이다. 이미 가진 사람은 추구할 필요가 없고, 몸에 밴 듯 당연한 것은 일부러 드러낼 필요가 없다. 글 서두에 등장한 사진 속 여성은 자신의 생일을 SNS에 올려 기념했다. 그녀 역시 평생 부를 추구하는 고달픈 삶을 사는 건 아닌지 모르겠다. 티파니 목걸이와 하얏트 호텔이 일상이 아니기에 기념했을 것이다. 우리가 매일 타는 엘리베이터에 감탄하지 않듯이. 추구가 끝나면 결국 원래의 상태로 돌아간다.

표상으로 삶을 대신하지 말 것

『사물들』은 1965년 프랑스에서 발표된 작품이다. '60년대 이야기'를 부제로 달고 있는 이 소설은 소비사회로 진입하는 프랑스 풍경을 세밀하게 묘사한다. 인물의 직업을 통해서도 잘 알 수 있다. 제롬과 실비는 사회심리 조사원으로, 소비자들의 구매 동기를 인터뷰한다. 친구들도 거의 모두 광고계에 있었으며, 광고는 언제나 더 많은 것을 갈망하게 했다. 형편이 다른 사람들이 똑같은 TV와 잡지를 보며 비슷한 꿈을 꾸었다. 소득과 자산은 불평등한데, 욕망만큼은 비참하게 평등했다.

비슷한 시기인 1967년 프랑스의 예술가 기 드보르도 『스펙타클의 사회』를 발표한다. 기 드보르는 소비자를 미디어에 의해 진정한 욕망을 찬탈당한 존재로 설명한다. 또한 삶의 표상이 삶을 대신한 곳에 스펙타클(이미지)이 있다며, 보여주는 것으로 존재를 증명하려는 현대 SNS 문화를 정확히 예언하기도 했다.[1]

그들은 삶을 사랑하기에 앞서 부를 사랑했다.
그들은 삶을 누리고 싶었다. 하지만 그들을 둘러싼 사방에서 삶을 누리는 것과 소유하는 것을 혼동했다.

『사물들』은 사물로 표상하는 삶은 진정한 삶이 아니라고 말

1   기 드보르, 유재홍 옮김 『스펙타클의 사회』, 도서출판 울력, 2014

한다. 이미지란 얼마나 공허한 것인지, 욕심 또한 얼마나 부질
없는 것인지, 어느 순간 삶의 지표를 잃어버린 젊은이들을 통해
차분하게 이야기한다. 소유로 삶을 대신하지 말자. 욕망은 끝이
없고 쾌락은 순간적이며 삶은 고달프고 결국 빈곤한 마음만 남
을 것이기 때문이다.

삶은 모순덩어리라서

칠순의 어머니는 맥도날드에 들어선 키오스크 앞에서 진땀을 뺐다며 '늙어서 햄버거도 못 사 먹겠다.' 끌탕을 하셨다. 그러나 일본여행 중 점원이 손바닥 가득한 동전을 헤아리길 기다리며 하는 말. "여기 참 올-드하다". 투정 부리면서도 빠르게 적응하는 힘, 그 힘이 대한민국을 이렇게 빨리, 잘 사는 나라로 만들었다. 6.25 전쟁 직후엔 나라도 국민도 가난하기만 했는데 같은 세대에서 부자가 되었으니 참 대단한 일 아닌가. 그러나 모든 일엔 음과 양이 함께 하니, 나쁘게 보자면 나라가 졸부라는 소리다. 2021년 미국의 한 여론조사 업체가 17개 선진국 국민을 대상으로 조사한 결과, '삶을 의미 있게 만드는 요소는 무엇이냐'는 질문에 대부분 '가족'이라고 답했지만, 한국만 유일하게 '물질적 풍요'를 꼽았다.

'물질'을 최우선으로 여기는 풍조는 만연했다. 특히, 학교나 교회처럼 마땅히 그러지 말아야 할 곳에서 더 그랬다. 반장 엄마는 커텐을 바꿨고 전교 회장 엄마는 농구대를 설치했다. 장로가 되면 교회에 봉고차 한 대쯤 들여놓는 것이 암묵적인 룰이었다. 그래서 망가진 것은 없다. 학생들은 좋은 환경에서 공부했고, 건강해졌다. 봉고에 성도를 실어 나르며 교회는 더욱 부흥했다. 물질에 대한 열망이 정당화되고, 그 욕망이 실현되면서 다 함께 부자가 되었고, 똑똑해졌다. 바라는 대로 이루었다. 그렇게 우리는 '한강의 기적'이 우리 것임에 자부심을 느끼며 살아왔다. 다만, 행복이 멀어졌을 뿐이다. 어느새 불안과 초조함이 삶의 동력이 되었다. 대한민국 전체가 그렇다고 말할 순 없지만, 적어도 나는 그랬다.

젊은 부부

여기 행복이 망가진 하나의 커플이 있다. 『사물들』의 주인공 실비와 제롬. 그들은 프랑스 파리에 사는 신혼부부다. 둘은 이제 막 학생 신분에서 벗어나 직장인이 되었다. 사회심리 조사원이라는 한창 뜨는 직군이었고 전도유망했다. 둘은 순수했던 10대를 지나 욕망에 서서히 눈뜨고 있었다. 욕망은 사물들로부터 그들에게 전염됐다. 자신의 능력으로는 갖지 못하는 큰 집과 값비싼 장신구들로 가득한 라이프 스타일을 열망했다.

모든 것이 새로워졌다. 변해버린 감수성, 취향, 지위가 이전까지 신경 쓰지 않던 것들에 관심을 기울이게 했다. 다른 사람들이 어떻게 옷을 입는지 살펴보고 가구, 장식품, 넥타이 진열대를 눈여겨보았다. 부동산 중개업소에 내걸린 광고 앞에서 자주 공상에 젖었다. 전혀 관심을 두지 않던 것들에 대해 알아갔다. 동네와 거리가 음산한지 밝은지, 조용한지 시끄러운지, 쓸쓸한지 끌기찬지가 중요해졌다.

이런 대목을 읽을 때면 소름이 돋았다. 실비와 제롬이 너무 내 모양 같아서. 부동산 중개업소 광고가 아닌 부동산 앱 '호갱

노노’를 들여다보고, 동네 분위기보다는 초품아인지 역세권인지 살피는 정도의 차이뿐이다. 다음 대목도 그렇다. 당시 청년들을 묘사하는 문장이다.

요컨대 이 젊은이는 자리를 잡을 것이고,

그러기까지 족히 15년이 걸릴 것이다.

이런 전망은 아무런 위로가 되지 못한다.

누구도 원망 없이 이를 받아들이지 못한다.

사회 초년병인 이 젊은이는 말할 것이다. 뭐라고, 꽃이 만발한

들판을 거니는 대신 창 딸린 사무실 책상 뒤에서 좋은 시절을

다 보내라고? 승진 발표 전날 희망에 들떠 가슴 졸이라고?

계산적이 되어 술책을 부리고 화를 꾹 참아내라고? 시를 꿈꾸고

야간열차와 따뜻한 모래사장을 상상하는 내가? 젊은이는 마음을

달래려 할부 판매의 덫에 걸려든다.

그 이후로 그는 제대로 걸려들어 빠져나오지 못한다.

(중략)

그에게 삶은 목적이 아닌 고생일 뿐이다. 느린 승진이 가르쳐준

값진 경험으로 몸을 사릴 만큼 현명해지고 신중해지지만,

그렇다고 해도 남는 것은 마흔 줄에 들어섰다는 것과 노동에

할애하지 않는 알량한 시간을 채워줄 집과 별장,

아이들 교육뿐이리라……

탈출을 꿈꾸다

실비와 제롬 곁에는 서로를 닮은 친구들이 있다. 해변의 휴양지, 우아한 소품, 체스터필드 소파 등 같은 욕망을 품은 그들과의 관계는 불행히도 피상적이다. 이 집 저 집 몰려다니며 파티를 열고 행복에 잠겼지만, 그들이 믿고 쌓았던 우정은 모래성처럼 쉽게 무너지곤 했다. 실상 우정을 유지하는 질서는 서열과 권력이었고 관계는 겉돌았고 묘한 긴장감이 감돌았다. 젊은 부부는 관계가 주는 압력과 격무에서 오는 피로 속에 지쳐갔다. 결국, 우울이 그들을 덮쳤다. 복권 당첨이나 유산 상속 같은 허무맹랑을 꿈꾸며 정작 일은 대충했다. 수입이 줄었고 궁색해졌으며, 무엇보다 불안에 휩싸였다.

그들은 떠나기로 한다. 목적지는 튀니지의 소도시 스팍스. 요즘 유행하는 '동남아 한달살기'보다는 묵직한 결심이다. 직장도 구했고, 이곳에서 자리 잡으리라 다짐했다. 그들은 잃었던 일상의 여유를 만끽했다. 훌쩍 떠난 여행에선 지상 낙원과 같은 커다란 집에서 살아보기도 했다. 넓은 정원과 분수, 현관에 깔린 양탄자, 떡갈나무 책장과 꽃병…… 그들이 그토록 소망한 것들이 눈앞에 펼쳐졌다. 그러나 느린 삶은 점점 지루해졌고, 하루하루 고독해졌다. 스팍스 주민들은 도통 이방인에게 곁을 내주지 않았다. 깊은 고립감에 시달렸다. 꿈꾸던 땅에 입성했으나, 이것 또한 답은 아니었다. 삶이 무의미해진 그들은 다시 파리로 향한다. 몇 년 뒤, 재기에 성공하여 광고 에이전시의 중역으로 살아간다면, 실비와 제롬의 인생은 해피엔딩일까?

삶은 모순덩어리라서

모두가 그들을 비난했고 무엇보다 삶 자체가 그러했기 때문이다.
그들은 삶을 누리고 싶었다. 하지만 그들을 둘러싼 사방에서 삶을
누리는 것과 소유하는 것을 혼동했다. 그들에게 무엇 하나
가져다주지 않는 세월은 마냥 흐르기만 했다. 결국, 다른 이들이
삶에서 단 하나의 성취로 부를 꼽게 되었을 때,
그들은 돈 한 푼 없는 신세가 되고 말았다.

나 역시 마흔 해 넘게 종종거리며 살았어도, 실비와 제롬처

럼 늘 돈은 부족하다. 인플레이션은 언제나 내가 가진 것, 혹은 벌어들이는 것보다 먼저 고지를 선점하고, 조롱한다. "몇 년 전이라면 몰라도, 요새 그 정도 돈으로는 어림없어요". 그럴 때마다 나는 헷갈린다. 그냥 이럭저럭 만족하고 살아야 하는 건지, 이를 악물고 더 애써야 하는 건지. 에리히 프롬의 『소유냐 존재냐』는 개정의 개정을 거처 여전히 잘 팔리지만, 여전히 행복은 소유가 아닌, 존재 자체로부터라는 깨달음은 얻지 못했다. 실비와 제롬의 삶을 보더라도 어떤 결론이 있는 건 아니다. 그저 삶이란 모순덩어리임을 알게 할 뿐이다. 치열한 삶이 싫어 떠난 곳에서는 지루함을 견딜 수 없게 되고, 부자가 되어 먹는 레스토랑의 음식은 밋밋해진다. 배고파야 글을 쓴다기에 소박하게 살고픈데, 적게 가지면 불안에 빠지는 나의 모순.

모순으로 가득한 인생일지라도 행복하고 싶은 바람만큼은 순리이다. 그래서 우리는 희망을 버릴 수 없다. 요즘 나의 확실하지만 소소한 행복은 문학이다. 활자에 불과한 글이 위로이자 힘이 되는 까닭이 무엇인지 곰곰이 생각해 본다. 아! 그건 바로 사람이다. 책이라는 물성도 글이 주는 지성도 아닌 사람. 이야기를 만들어낸 작가, 그 속에서 분투하는 인물들, 그리고 무엇보다 함께 읽는 소중한 글벗들. 실비와 제롬에게 채워지지 않았던 것은 부와 명예, 체스터필드 소파 같은 것들이 아니라 '사람'이었던 건 아닐까. 삶을 진정으로 사랑하기 위해 사물은 비워내고, 사람에 대한 사랑으로 채우는 것은 좋은 방법일까? 당신에게 묻고 싶다.

『더블린 사람들』

제임스 조이스 지음, 김병철 옮김, 펭귄클래식

나는 그대에게 삶의 거울이 아니라,

영혼의 거울을 보여주려 한다.

_제임스 조이스

마비된 영혼의 소생

　'제임스 조이스'의 소설은 선뜻 집어 들기 어렵다. 워낙 난해하다고 겁을 주기 때문이다. 그런데 15편의 단편으로 구성된 소설집 『더블린 사람들(Dubliners)』은 그런 걱정을 덜게 한다. 그는 이 작품의 집필 의도와 독서 방법까지 친절하게 보여준다.

　조이스는 조국 아일랜드의 도덕사를 쓰겠다는 의도로 더블린을 마비의 중심지로 택하고 시민들의 삶의 모습을 생생하게 그려낸다. 조이스는 이 작품에서 아일랜드인의 정서에 흐르는 왜곡된 특성을 마비(paralysis)라고 칭하고 종교, 정치, 문화 등의

범주로 나누어 보여준다. 또한 문맥 속에 에피퍼니(epiphany)의 순간을 넣어 독자들이 그 의미를 발견할 수 있도록 유도한다. '에피퍼니'는 갑작스러운 깨달음이나 자각(自覺)을 말하는데 소설 속 주인공들이 자신의 삶이나 현실에 대한 진실을 통찰하는 순간이다.

주인공 대부분은 중산층의 하류계급, 소시민 등 평범한 인물들이다. 이들을 쪼잔하고 지저분한 가난뱅이로 묘사해 동족을 노골적으로 비하했다고 하여 출간이 장기간 지연되었다. 여기에서는 모든 내용을 담을 수 없어 아일랜드인의 정신세계를 지배하는 종교 문제를 다룬 「자매」 및 「은총」 그리고 이 책의 정점이자 가장 중요한 「죽은 사람들」만 소개한다.

종교적 마비

이 소설에는 교회에 관한 내용이 자주 나온다. 이야기마다 교회 건물, 교회 제도·의식, 축일, 교리가 등장하여 종교에 대한 배경지식이 없으면 상황을 짐작하기 어렵다. 아일랜드는 현재도 유럽에서도 가장 독실한 가톨릭 국가이며 대부분의 학교는 미션스쿨이다. 특히 오랫동안 신교와 종교 분쟁을 겪으면서 신부는 특별한 영적 권위를 지니게 되었고 공동체의 리더 역할을 한다. 그러나 오래 놔두면 썩는 법이다. 조이스는 교회에 대해 부정적 시각을 보인다. 그는 어머니가 죽자 '모든 현존하는 사회질서와 기독교를 거부한다'고 했으며, '로마의 폭정이 우리 영혼의 궁전을 점령하고 있는데'라며 교회에 비판적이었다. 이 때문인지 신부를 소설의 맨 앞에 마비의 상징으로 내세워 돌을 던지게 한다.

「**자매**」는 사제 '플린'의 성추문 의혹에 관한 이야기이다. 임종이 임박하자 그를 둘러싼 이상한 소문이 돈다. 어린 남자아이와 그렇고 그런 사이라는 낌새를 누군가 눈치챈 모양이다. 신부의 동성 친구인 '나'는 그 사실을 아는 체하는 '코터' 영감에 울화가 치밀지만, 신부의 죽음을 확인하고 불편한 해방감을 느낀다. 신부의 두 자매는 고인에게 위로를 표하지만 좋지 않은 소문을 떠올린다. 오라버니가 사라졌다가 성당 고해실 안에서 '실없이 웃는 모습'으로 발견된 것은 아무래도 마음에 걸린다.

사실 플린 신부는 이미 맛이 간 상태였다. 성직매매 의혹이 있었고, 중풍이나 성병으로 건강이 좋지 않았으며 성배를 깨뜨린 일까지 있었다. 함께 있던 아이 때문에 깨졌다고 하는데 그 정황은 미루어 짐작할 수 있겠다. 이 소문들은 명확히 확인된 바는 없으나 '찌라시' 수준은 넘는다.

누이들이 오라버니 이야기를 갑자기 멈춘다. '나'도 귀를 기울인다. 아무 소리도 들리지 않는다. 그런데 누가 옆에 있는 느낌이다. 보이지 않으나 입단속 천사가 신부의 관 옆에 내려온 모양이다. 사제의 추문은 고해성사 목록에서도 뺏으니 입 다물라고 압박한다. 정신은 오래전 마비되어 큰 문제는 없는데 입이 문제라 한다. 내성이 강하고 회복도 빨라 자주 마취시켜야 한단다. 그래서 깨달았다. 신부가 성배를 끌어안고 죽은 것은 '산통(算筒)'은 절대 깨지 말라는 뜻임을.

그러나 그 많은 입을 무슨 수로 막을 수 있겠는가. 2002년 아일랜드의 가톨릭 미션스쿨에서 일어난 아동 성추행 사건을 비롯한 다수의 성추문 사건으로 교회 신뢰가 급격히 추락한다. 지금도 주위에서 이런 현상이 없다고 단언하지 못한다. 입은 웬만해서 마비시키기 어렵다.

「은총」은 주정뱅이인 신교도 친구를 가톨릭으로 개종시키려는 동료들의 설득 작전과 물욕이 가득한 어느 신부의 아전인수 격 강론에 관한 내용이다.

친구들의 개종 작전 과정은 이렇다. 주인공 '커넌'이 술집에서 원인 미상의 실족 사고로 크게 다쳤다. 정신 차리게 할 목적으로 그를 가톨릭으로 개종시키려 집요하게 압박한다. 그 결과 주인공을 포함한 모두가 실업가들을 위한 기도회에 참석하여 신부의 강론을 듣는다. 무의미한 담론만 있을 뿐 개종의 필요성은 흐릿하다. 신교에서 구교로 바꾸면 술을 더 마실 것인데 걱정스럽다.

이 글에서 은총의 의미는 맨 마지막 구절의 것이다. '장부를 살펴보았더니 이러이러한 잘못된 점이 있습니다. 그러나 하느님의 은총으로(with God's grace) 이러이러한 점을 시정하겠습니다. 제 회계장부를 바로 잡겠습니다.' 회계장부는 영적인 삶의 장부라고 신부는 강조하는데 실상은 헌금 장부다. 덜 냈으면 제대로 내라는 말이다. 그래서 은총은 신이 베푸는 사랑이 아니라 '똑바로 하라'는 신부의 힐책이며 헌금 강요다. 은총이 내려오려다 실상을 알고 도로 올라가 버린다.

그들이 참석한 기도회는 다단계 사업 설명회 같다. 신도들은 한밑천 잡으려는 투자자들, 설교하는 신부는 최우수 강사이다. 아니면 대학의 최고경영자 과정 수업으로 비교할 수도 있다. 모두 염불에는 관심 없고 잿밥에만 눈이 먼 집단들이다.

요즘 사람들이 교회나 성당을 선택하는 기준은 신의 은총이 아니라 개인의 이익이다. 그래서 큰 곳에 가야 유리하다는 결론이 나온다. 성경 공부보다 인관 관계론에 눈길이 더 간다. 헌금으로 면죄부를 사고 천국열쇠를 선점할 수 있다고 유혹한다. 신이 애써 은총을 뿌려봤자 인간이 물질로 덮어버리니 은총의 씨앗이 싹틀 수 없다. 종교가 물질에 마비되어 영혼이 감각을 잃었다.

마비가 풀리다

「죽은 사람들」은 이 소설의 대미를 장식하면서 작가가 의도한 에피퍼니의 진수를 보여준다. 매년 연말에 노처녀 자매가 댄스파티를 연다. 초대된 친지 중 자매의 조카인 가브리엘과 그의 아내 그레타가 이야기의 중심인물이다. 가브리엘은 명문대를 졸업하고 강의도 하며 글도 쓰는 지식인이다.

그는 진실성이 마비된 아일랜드 지식인을 상징한다. 신념보다 이익을 앞세운다. 원고료를 많이 주는 친영파(親英派) 신문에 기고한 사실을 한 여성이 따지사 시평 쓰는데 웬 정치색 타령이냐며 얼버무린다. 그녀가 민족주의로 부아를 돋우자 조국에 대한 반감을 거침없이 토한다. 일제 강점기 시절 동포를 '조센징' 또는 '엽전'이라며 비하하던 일부 식자층을 우리는 기억한다.

또한 그는 한 줌의 지식으로 거드름을 피우는 오만한 지식인이다. 늙은 이모를 앞에 두고 테이블 스피치를 장황하게 떠벌인다. 음식 다 식을 때까지 이어지는 식사 기도나 20분을 넘기는 주례사에 비할까. 관심도 없고 알아먹기도 어려운 미사여구를 퍼부어 댄다. 정말 정나미 떨어지게 만드는 말솜씨를 가졌다.

가브리엘은 남성 우월 의식에 찌든 자이다. 자신의 주도로 파티를 흡족하게 마무리했다는 생각에 손님을 배웅하며 마차 삯에다 팁까지 후하게 치른다. 남자라면 마땅히 이래야 한다는 '마초' 냄새가 올라온다. 이 냄새에 취해 호텔에 들어가 부인을 바라본다. 그녀도 이 분위기에 눈치껏 맞장구를 쳐주리라. 내가 다가가면 체통이 안 서니 어서 나에게 와 원초적 열락을 만끽하자고.

그런데 억지 체면이 그를 살렸다. 집사람의 느닷없는 첫사랑 타령에 분노하다가 자초지종을 듣던 중 죽비(竹篦)로 호되게 두들겨 맞는 느낌이 왔다. 어리석고 감상주의자에다 가련하고 얼빠진 자기 모습을 보았다. 드디어 정신의 마비가 풀려 수십 년이나 막혔던 사랑의 핏줄이 뚫렸다. 피가 흐르기 시작하니 머리가 맑아지고 눈이 밝아져 목적지가 뚜렷이 보인다. 동방박사가 예수의 탄생을 발견하는 기쁨을 누리듯 그도 껍질을 벗고 진실을 찾아 '서쪽으로의 나그네 여행'을 떠날 것이다. 살아있으나 죽은 자나 진배없는 영혼들을 눈 속에 묻어버리고 순례에 동참할 인간을 찾아 나설 것이다.

이 작품은 조이스 문학의 출발점이자 정수라는 평가를 받는다. 읽어가면서 사실주의와 상징주의 기법으로 정교하게 우려낸 그의 문학적 탁월성을 음미할 수 있다. 또한 더블린의 마비 현상이 우리 현실에서도 별반 다르지 않게 일어나고 있음을 느끼게 한다. 손가락 끝이 저리며 몸 전체로 마비가 오듯 사회 한 구석에서부터 시작하여 나라 전체가 마비될까 걱정스럽다. 특히 정신적 마비가 심각하다. 각종 사이버 매체가 개인은 물론 집단 이성까지 오염시키는 현상을 경험했고 지금도 그 영향을 심하게 받는 중이다. 정신 바짝 차려야 한다. 이런 마비 증세를 언제쯤 고칠 수 있을까. 누구라도 특효약을 만든다면 노벨상을 몰아줄 수 있다. 단, 문학상만 빼고.

조이스의 수술칼과 BTS의 회복주사

BTS 멤버 진의 솔로곡 '에피파니'라는 노래에 이런 가사가 있다. 'I'm the one I should love in this world.' 스스로를 사랑해야 한다는 단순하지만 당연한 이 "에피파니"는 시대를 초월한다. 20세기 초 아일랜드 수도의 어두운 골목. 제임스 조이스는 『더블린 사람들』 속에서도 깨달음을 이야기한다. 조이스가 그린 '마비(痲痺)'의 진풍경과 진이 노래하는 '자아사랑'의 깨달음은 시공간을 넘어 우리에게 묻는다: 우리는 얼마나 마비되어 살아가고 있는가, 그리고 어떻게 그 마비에서 깨어날 수 있는가?

더블린은 우리의 자화상

1917년에 발표된 『더블린 사람들』은 15편의 단편소설로 구성되어 있다. 조이스는 이를 통해 영국 식민 치하 아일랜드 더블린 시민들의 삶을 찬찬히 해부한다. 그가 말하고자 했던 '마비(paralysis)'는 단순한 무기력이 아니라 개인은 물론 사회 전반적으로 퍼져있는 정신적·감정적·도덕적 경직 상태를 의미한다. 이것이 식민지라는 특수한 환경에서 비롯된 것이라고 치부해버리기에는 그 본질이 놀랍도록 보편적이다. 식민지 경험부터 선진국까지 압축성장해 온 우리나라와 특히 많은 유사점을 내포하고 있다. 이중 몇 편의 단편소설로 우리를 되돌아보고자 한다.

지미는 영국 유학파지만, 결국 부유한 영국 친구들 사이에서 자신의 위치를 확인하며 안주하려는 열등감에 사로잡힌다. "지미는 아침이면 후회할 거라는 것을 알았다. 그러나 지금은 누구보다도 기뻤다. 자기의 어리석음을 덮어주는 이 몽롱한 무감각 상태가 기뻤다." 이는 일제강점기 '신사참배'에 내몰리거나, 식민지 교육을 통해 내면화된 열등감에 시달렸던 조선의 지식인들과 모습이 닮았다. 식민 권력은 단순히 물리적 지배를 넘어, 피지배자의 정신까지 마비시킨다. - 「경주가 끝난 뒤에」

패링턴 씨는 직장에서 상사에게 모욕당하고, 술집에서 벌인 팔씨름에서 자기보다 덩치가 작은 자에게 패배를 당한다. 이 굴욕과 모멸감에 대한 분풀이 대상으로 약자인 그의 아들을 선택한다. "때리지 마세요, 아빠! 저 아버지를 위해 기도 드릴께요……"라고, 울며 소리 지르는 아들을 단장으로 마구 후려갈긴다. 사회구조 속에서의 좌절과 무력감이 가정폭력으로 전이되는 악순환의 순간이다. 이는 산업화 시대 한국의 가부장적 가정에서, 경제 사회적 압박에 시달리던 아버지들이 가족에게 화를 분출했던 모습과 궤를 같이한다. 마비된 자아는 약자에게로 그 고통을 재생산한다. ─「분풀이」

키어니 부인은 딸의 피아노 연주를 통해 사회적 명예와 재물을 얻으려 혈안이 된다. 이는 현대 한국 사회의 '입시 지옥'이나 '스펙 쌓기'에 매몰되어 자녀의 진정한 꿈이나 재능을 외면하는 모습을 연상시킨다. 목표 자체가 아닌, 목표를 통해 얻으려는 외부의 인정과 평가에 마비된 것이다. ─「어머니」

술과 돈으로 얼룩진 부정선거의 현장도 그려진다. 이는 권위나 전통의 이름으로 포장된 위선, 공직자의 부패, 공동체 의식의 해체라는 문제가 오늘날 한국 사회에서도 끊임없이 제기되는 것과 다르지 않다. 개인과 사회의 공정에 대한 감각이 마비된 상태다. – 「10월 6일의 위원실」

고통스러운 에피파니와 주체적 자아사랑

조이스 문학의 핵심인 '에피파니'는 삶의 진실이 벼락처럼 내리치는 통렬한 깨달음의 순간이다. 『더블린 사람들』의 인물들은 대부분 마비 속에 갇혀 있으나, 그들의 삶에도 종종 이런 충격적인 각성의 순간이 찾아온다.

「이블린」이 배를 타지 못하는 순간, 그녀는 자신의 도피 계획이 허상이었음을 처절히 깨닫는다. 「끔찍한 사건」의 더피 씨는 자신이 거절한 여인의 자살 소식을 듣고 황야를 방황하며 "나는 삶으로부터 추방당했다"고 절규한다. 자신의 냉담함이 초래한 비극과 마주하는 고통이다. 「구름 한 점」의 챈들러가 울부짖는 아기에게 "그쳐!" 소리친 순간, 그는 시인이라는 허상 뒤에 숨은 재능 없는 자신을 발견한다. 「애러비」에서 소년은 허름한 잡화점 앞에서 자신의 순수한 열정이 상업적 현실에 짓밟힌 모습을 몸으로 체험한다. 조이스의 에피파니는 대부분 우울하다. 깨달음을 통해 새로운 세계를 열어주는 것이 아니라, 마비의 깊이와 현실의 냉혹함을 더 선명히 드러내기 때문이다. 「이블린」의 깨달음은 더 깊은 절망으로, 더피 씨의 통찰은 영원한 고독으로 이어진다.

즉, 제임스 조이스는 『더블린 사람들』 속에서 20세기 초 영국 식민지 아일랜드의 마비된 영혼들을 통해 인간 존재의 보편적인 정신적 위기를 예리하게 포착했다. 그러나 그가 그린 마비의 풍경-열등감, 무기력, 위선, 폭력 등-은 시대와 지역을 초월하여 현대를 살아가는 우리에게도 나타나고 있다. 조이스가 제시한 '에피파니'는 이 마비 상태를 인식하는 고통스러운 깨달음의 순간이다. 다만 그것은 해결책이 아니라, 문제의 본질을 드러내는 첫걸음일 뿐이다. 그들이 그 후 어떻게 살지에 대해서는 각자의 몫으로 남겨 두었다.

여기서 BTS의 진이 총대를 멘다. 조이스가 '문제'를 제시했다면 진은 '해결의 열쇠'를 쥐여준다. 조이스가 환부를 예리하게 도려내는 '수술칼'이라면 진의 선언은 미래를 향한 '회복주사'가 되는 셈이다. 마비된 인간들을 향해 주체적 자아사랑(Self-Love). 'I'm the one I should love'라는 선언으로 그들을 수동적 깨달음을 넘어선 적극적 자기 긍정의 장으로 이끈다. 우울한 깨달음이 자신의 부족함과 상처를 드러내는 것이라면, 자아사랑이라는 깨달음은 그 부족함과 상처를 그대로 포용하고, 나아가 존재 자체의 고유한 가치('빛나는 나', '소중한 내 영혼')를 인정하는 용기 있는 행위다. 이것은 외부의 기준과 평가에 휘둘리지 않고, 자신의 내면에서 비롯된 힘으로 살아가겠다는 선언이다.

우리는 모두 각자의 '더블린' 속에서 살아간다. 사회적 압력, 과거의 상처, 일상의 무기력, 디지털의 환영, 성과주의의 굴레 등 다양한 형태의 마비에 시달린다. 조이스는 우리에게 그 마비를 직시하라고 말한다. 진은 그 마비를 직시한 후에 스스로를 용서하고 사랑하라고 격려한다. '나조차 알지 못했던 나를 사랑하는 법을' 배워가는 여정은 쉽지 않다. 하지만 그 여정이야말로 마비의 감옥에서 벗어나, 진정으로 '빛나는 나'로 살아가는 올바른 길이다. 조이스의 냉철한 에피파니와 진의 따뜻한 에피파니가 교차하는 그 지점에서, 우리는 비로소 자유롭게 숨 쉴 수 있는 공간을 발견할지 모른다. 깨달음과 사랑, 이 두 날개를 펼칠 때, 우리는 더블린의 어두운 골목 위로 날아올라 자신만의 빛을 발하는 존재로 나아갈 수 있다.

『너무 시끄러운 고독』

보후밀 흐라발 지음, 이창실 옮김, 문학동네

세상은 시끄럽고 복잡하지만,

나는 내 안에서 고요함을 찾는다

그것이 나의 마시막 무대다.

_보후밀 흐라발

삶은 현장(現場)과 관념(觀念)의 줄다리기

책은 위험하다

삼십오 년째 나는 폐지 더미 속에서 일하고 있다.

이 일이야말로 나의 온전한 러브 스토리다.

『너무 시끄러운 고독』의 주인공은 책을 압축하는 사람이다.

그는 어느 순간 현자가 되었다.

책을 늘 가까이하였기 때문이다. 그러나 그는 자신이 사용하는 구형 압축기가 신형 압축기 앞에서 존재감을 잃고 사라질 위기에 처하자 그동안 자신이 만들어온 폐지 압축물의 하나로 화해 삶을 마감한다. 폐지 덩어리가 돼 버린 남자. 일평생을 책과 함께 한 지식인의 말로치고는 결말이 다소 충격적이다.

칼로 흥한 자 칼로 망하고 돈으로 흥한 자 돈으로 망한다. 책으로 흥한 자 책으로 망한다? 망한다는 단어를 감히 붙여도 되나 싶다. 삼십오 년 동안 한 가지 일, 폐지를 압축한다는 건 쉽지 않기 때문이다. 그 일에 흥미가 없다면 벌써 때려치웠을 것이다. 주인공이 고지식하긴 하지만, 아마도 그래서 한 우물을 팠을 것이다. 그는 책을 무엇보다 사랑하고 자신의 일 또한 사랑하는 사람이다. 그래서 단순 반복되는 그 일을 35년간 해 왔다. 그러나 무엇이 그런 그를 죽음으로 이끌었을까?

비평가 이현우는 『아주 사적인 독서 - 욕망에 솔직해지는 고전 읽기』(웅진지식하우스)에서 책의 위험성에 대해 말했다. 그는 책의 위험성에 빠진 인물로 『마담 보바리』의 엠마와 『돈키호테』의 주인공을 짚었다. 엠마 보바리는 수녀원 학교에서 엄청난 독서체험을 하게 되고 그것을 통해 현실을 재구성해 낸다. 그녀는 책에서 읽은 낭만적인 공상으로 가득 차서 샤를르 보바리와 결혼하였고 결국 파멸하게 된다. 자신이 읽은 책에서의 사랑, 결혼이 현실과는 너무나도 달랐던 것이다. 마찬가지로 돈키호테는 16세기 사람이지만 12세기에 유행했던 기사도를 그린 소설에 푹 빠졌다. 그는 스스로 방랑기사가 되어 세상에 나서고 시대착오적 행위를 일삼다가 죽을 때에야 정신을 차리게 된다. 엠마 보바리나 돈키호테의 모든 비극은 책으로부터 시작되었다.

책 속에 파묻힌 사람들에게 일상은 책을 기준으로 그것을 확인하는 차원에 머문다. 현실과 환상이 뒤바뀌었다. 그것이 문제이다. 모름지기 삶의 현장에서 하는 직접 경험이 책으로 되는 게 순서일 터이다.

책과 현실의 괴리

주인공 한탸의 여자 친구 만차는 똥의 이미지를 지녔다. 사람들의 기억 속에 그녀는 '리본에 묻힌 똥' 혹은 '스키에 매단 똥덩어리'로 기억된다. 모든 것에는 양면성이 있다. 똥은 무조건 더럽고 추한 게 아니다. 냄새나고 천박하지만 솔직하다. 만차의 삶이 그랬다. 말년에 그녀의 집에 초대받은 주인공은 놀란다. 그녀 집에 도착한 그의 앞에 만차를 닮은 거대한 천사조각상이 보였기 때문이다. 그녀의 마지막 연인인 노예술가가 정신적 사랑밖에 줄 수 없었기에 보상의 의미로 그녀가 살아있는 동안 즐길 수 있도록, 정원에 그의 뮤즈를 위해, 혼신의 힘을 다해 조각하고 있었기 때문이다.

무엇보다 경악을 금할 수 없었던 건 두 개의 크고 흰 장롱처럼 보이는 천사의 두 날개였다. 그것들이 보일락 말락 파닥이는 것 같았다. 비상에 앞서, 아니면 하늘로부터 귀환한 뒤 잠깐 동안. 만차가 부드럽게 날갯짓을 하는 것 같았다. 이제 나는 두 눈으로 확인하고 있었다. 책이라면 질겁하며 단 한 권도 읽지 않았던 만차가 말년에 성스러움의 경지까지 올랐음을……

결국 '똥'처럼 굴렀던 만차는 천사의 경지에 이르렀다. 책 속에는 똥의 이미지를 간직한 사물이 또 있다. 초년에 샌들과 보라색 양말을 신고 여자 친구를 만나러 간 주인공은, 혹시 본인이 속한 축구팀 명단이 클럽 게시판에 올라와 있지 않을까 확인하던 차에 무지막지한 개똥 속에 샌들과 양말을 처박게 된다. 때마침 나타난 여자 친구에게 그 모습을 들킬까 양말과 샌들을 벗어버리고 들판으로 달아나 버렸었다. 35년이 지난 어느 날 41치수의 그

오른쪽 샌들과 보라색 양말이 초라한 행상인 좌판에 등장했다.

어쩌면 운명의 암시일지도 모르는 이 치명적인 경고를 곰곰 생각해 보았다. 그 당시 이미 나는 책들을 가까이하기 위해 폐지 압축공이 될 생각을 하고 있었으니까……

나는 망연자실 했다. 원점으로 돌아온 것이다. 내 샌들과 보라색 양말이 세상의 수많은 고장을 보고 난 뒤 어느 날 내 앞에 나타난 것이다. 질책하듯 내 길을 막아서며.

어떤 삶이 더 행복한 것일까? 천박함과 고귀함을 대변하는 두 사물. 똥과 책. 만차와 한탸의 인생. 책을 늘 가까이했고 현자로 대접받았던 주인공. 책 한 권 읽지 않았지만 사람들을 만나 사랑하고 자신에게 부족한 부분을 사람에게서 채웠던 만차. 그리고 35년간 세상을 떠돌며 수많은 것들을 보고 느꼈을 샌들과 보라색 양말의 삶.

2톤의 책을 압축할 힘을 얻기 위해 '올림픽 경기장 풀이나 잉어양식장도 가득 채울 정도의 맥주'를 마시면서 - 즐기려고 마시는 게 아니다. 혼자 마신다. - 괜찮은 책의 문장을 통째로 쪼아 사탕처럼 빨아 먹고. 작은 잔에 든 리큐어처럼 음미하는 삶을 위해서.

그 결과로 주인공은 뜻하지 않게 현자가 되고 이제는 자신의 뇌가 압축기가 만들어 놓은 수많은 사고로 형성돼 있다는 걸 깨닫게 된다. 그에게 술은 책과의 인연을 더욱더 견고하게 만들기 위해 필요한 것이다. '독서로 인해 영원히 잠을 방해받고 독서로 인해 섬망증에 걸리기 위해서인 것이다.'

한탸에게는 세상이 주는 즐거움이 없다. 책의 세계가 그의 전부이다. 책을 도구로 해서 밖의 세상으로 나갈 생각을 하지 않았다. 그러니 그의 비극은 이미 예고된 셈이다. 그가 일하는 지하실에는 폐지 더미를 갉아 먹고 그 위에 새끼를 까는 시궁쥐들이 드글드글하다. 그는 압축기로 책과 더불어 쥐까지 눌러 쥐들의 부넘을 만든디. 책을 갉아 먹고 사는 쥐나 책을 쪼아 먹고 빨아먹고 마시는 한탸나 삶의 형태는 동일하다. 퀴퀴하고 음습한 지하 공간, 시간을 보내는 장소도 같다. 가끔씩 쥐들이 코트의 주머니 속에 들어와 한탸의 집으로 이동하니 직장 밖의 공간도 동일하다.

다모클래스의 검

나는 내 자체가 아니라 관계로서 파악된다. 내가 마주치는 사람, 사물이 바로 나이다. 어떤 사람을 만나는가, 무엇을 주로 접하는가, 그것들을 대할 때 어떤 태도를 갖는가를 안다면 나의 기질을 파악하는 데 도움이 된다. 내 안에 무엇이 가장 많이 들어와 있는가? 돈인가 명예인가 공부인가 사람인가를 파악하는 게 중요하고 또 내게 넘치고 부족한 것이 무엇인가를 아는 게 중요하다. 과함이 조절되지 않으면 그것은 종국에 나를 멸할 수 있다. 다모클레스의 검인 것이다. 그래서 모든 것에는 조화, 균형, 중용이 중요하다.

세상에 쓰임이 없는 독서는 어떤 의미로는 무의미하다. 결국 자기만족일 뿐이다. 아니면 목적이 없다는 점에서 고귀하고 순수한 것일 수도 있다.

『너무 시끄러운 고독』은 그 문제에 다양한 관점을 시사한다. 책이 너무 좋아서, 독서를 하고 싶어서, 압축공을 직업으로 선택한 남자. 그러나 지하의 작업공간에서 하는 그의 독서는 세상을 읽지 못했다. 지상 세계의 변화에는 무지했다. 세상 변화의 속도를 따라갈 수 없었을 뿐만 아니라 문제해결을 전혀 할 수 없었던 것이다.

과한 독서가 병이 된 셈이다. 그는 지상의 밝음을 견디지 못한다. 어둠에만 익숙해 있던 두더지가 조금의 빛에도 눈이 멀어버리듯 변화의 역치가 떨어져 버린 그는 삶의 무력감에 시달린다.

20대 사회주의 청년들의 오렌지색 작업복은 붉음으로 열정, 한탸의 초록색은 냉정과 이성을 뜻한다. 전진과 후퇴. 고귀함과 천박함, 작가는 그것을 끊임없이 교차시키면서 독자의 사고를 확장시킨다. 선택은 독자의 몫이다.

그러나 한탸가 스스로 책과 더불어 압축물이 되기 전 '일론카'라는, 삶의 어느 순간 자신이 순수하게 사랑했던 집시 여자를 떠올리는 장면은 시사하는 바가 크다. 결국은 사랑인 것이다. 책 속에서의 사랑이 아닌 현장에서의 사랑. '일론카' 구형 압축기에 자신을 뭉개면서 마지막에 떠올린 그녀의 이름이다. 책을 너무도 사랑하는 사람과 글자라면 어지럼증이 난다는 사람, 모두에게 권하고 싶은 책이다.

내가 사랑하는 이야기

삶을 압축하는 자

나는 이런 이야기를 사랑한다. 커다란 세상을 하나의 문장으로 압축해 내는 이야기 말이다. 예를 들어 이런 문장처럼.

"예수가 낭만주의자라면, 노자는 고전주의자였다. 예수는 밀물이요, 노자는 썰물. 예수가 봄이면, 노자는 겨울이었다. 예수가 이웃에 대한 효율적인 사랑이라면, 노자는 허무의 정점이었다. 예수가 미래로의 전진이라면, 노자는 근원으로의 후퇴였다."

한탸는 35년째 지하실에서 폐지를 압축하며 책 속에 파묻혀 살았다. 폐지 압축은 녹색, 붉은색 버튼만 누르면 끝나는 단순한 작업이지만, 그의 머릿속은 복잡하다. 그는 세상을 두 편으로 나누어 예수팀과 노자팀을 만들고, 실컷 싸움을 붙이며 그 속에서 고독을 견뎌냈다. 그러니 그의 고독이 시끄럽지 않을 리 없다.

그는 모든 공상가와 애서가, 물질적 만족보다 정신의 충족을 더 사랑하는 이들의 국가대표다. 그래서 우리는 그에게 농도 짙은 애정을 쏟게 된다. 그는 지하 작업장에서 생쥐들과 어울리며 일을 한다. 지저분하고 고된 노동이지만, 그는 자신이 하는 일을 사랑한다. 엄밀히 말하면, 쓰레기로 취급받는 고전들 -『파우스트』,『돈 카를로스』,『차라투스트라는 이렇게 말했다』 같은 책들 - 을 발견해 읽는 일을 사랑하는 것이다. 그는 책 속 문장들을 낚아채 카라멜처럼 빨아먹는다고 말하는데, 그 모습이 얼마나 사랑스러운지 모른다.

노인은 은퇴하게 되면 사랑하는 압축기를 가져올 계획이다. 평생 모은 책으로 가득 찬 집에서 그 압축기를 사용해 생을 마감하려 한다. 허무맹랑한 꿈처럼 들리지만, 한탸의 외삼촌은 실제로 그런 일을 해냈다. 외삼촌은 철도청에서 40년간 선로 변경을 담당했다. 그 일은 그의 유일한 기쁨이었다. 은퇴 후, 그는 폐쇄된 역에서 선로 장치를 사들여 자신의 정원에 설치했다. 주말이면 동네 아이들과 친구들을 태우고 낡은 기관차가 정원을 질주했다. 승객들은 비좁은 객차에서 노래를 부르며 환호했다. 한탸도 외삼촌의 넓은 정원 어딘가에 자신의 압축기를 가져올 생각이다. 장소도 이미 정해 놓았다.

하지만 어느 날, 35년째 폐지를 압축하던 한탸에게 청천벽력 같은 소식이 들려온다. 자신의 압축기 20대 분량 일을 해내는 거대한 수압 압축기가 개발되었다는 것이다. 그와 함께 등장한 젊은 노동자들은 늙은 일꾼을 세상 밖으로 밀어낼 힘과 능력을 충분히 갖추고 있었다. 젊은 노동자에게 책은 단지 '재활용 처리 대상'일 뿐이다. 책 속 문장은 거들떠보지 않고, 무심히 표지를 뜯어낸다. 작업 능률은 놀랍도록 빠르다. 책이 찢겨나가는 고통을 느끼는 이는 오로지 한탸뿐이다.

삼십오 년간 몸담은 직장에서 쫓겨나듯 밀려난 한탸는 카페에 앉아 맥주를 마시며 사람들 무리를 바라본다. 회한이 그의 마음을 가득 채운다.

젊은 사람들, 젊은이와 학생뿐이다. 그들의 이마에는 별이 하나씩 새겨져 있다. 삶이 시작되는 순간, 저마다 내면에 싹트는 천재성의 표징이다. 그들의 시선은 힘이 있다. 소장이 나를 바보 천치라 부르기 전까지 내게서도 그런 힘이 샘솟았다.

변화하는 세상

2019년 여름, 인천에서는 한바탕 소동이 일었다. 깨끗해야 할 수돗물에서 적수가 흐르고 벌레 유충까지 발견된 것이다. 정수관 내 활성탄 여과지의 벌레가 제대로 걸러지지 않아 발생한 문제였다. 하지만 내부에서는 다른 목소리가 새어 나왔다. 1차 베이비붐 세대 공무원들의 대규모 은퇴가 적수 사태의 숨겨진 배경이라는 것이다. 노공(老公)들의 노하우는 인수인계 불가 항목이었다. 한 달여의 씨름 끝에 적수 사태는 일단락되었지만, 한숨 돌린 뒤 묘한 감정이 밀려왔다. 이번 사태가 조직에서 쓸모를 잃은 은퇴자들의 '최후의 일격' 같다는 통쾌함이었다.

점점 기계화되고 자동화되는 세상에서 우리는 종종 "세상 참 변했어, 옛날엔 안 그랬는데, 인간미가 사라지고 있어!"라고 한탄한다. 한편으로는 오래된 유산을 귀하게 여기고 보존하려는 노력이 고리타분하게 여겨진다. 한탸는 그런 고리타분한, 미련한 할아버지다.

제2차 세계대전 막바지, 프로이센 왕실 도서관의 근사한 장서들이 전리품 취급되어 한탸의 작업실로 쏟아져 들어왔다. 전쟁의 광기 속에서 죄 없는 책들은 검열을 거쳐 버려졌다. 인류 유산을 쓰레기로 취급하며 처분하는 일을 자신이 해야 한다는 사실에 한탸는 눈물을 흘리며 경찰서에 자수했다. 자신을 벌해 달라고 애원했지만, 경찰서에선 그저 조롱거리였다.

"한탸, 일할 땐 뇌와 심장을 좀 내려놓으라고, 일과 나를 분리하라구."
오늘날의 나라면 그에게 이렇게 조언할 것이다.

이 시대 젊은 노동자들은 얼마나 스마트한가. 그들에게 시간은 곧 돈이고, 돈은 행복이며 즐거움이다. 가끔 빼앗긴 시간에

억울함을 느끼지만, 알고리즘 덕분에 골치 아픈 고민에서 벗어난다.

고독 속 인간다움을 소망하다

한탸는 평생 일가를 이루지 못한 실패한 연애담만 늘어놓는 독거노인이다. 제대로 된 휴일도 휴가도 없이 오직 일만 하다 늙었다. 그의 삶은 한심하고 고독하다.

하지만 그 고독 속에서도 한탸는 인간답게 사유했고, 인간답게 고독했다. 우리는 그를 바보 천치로 무시하지 말아야 한다. 큰코다칠 수 있다.

(그들이 원하지 않았지만) 은퇴자들은 적수 사태로 자신의 쓸모를 증명했다. 효율과 자본 논리에 밀려 인간성을 잃어가는 세상에 또 다른 한탸가 일격을 가할지도 모른다.

컨베이어 벨트 앞에 선 우리 인간들, 가끔은 인간다움을 되찾아 고독의 품에 잠겨보자!

『하얀 성』

오르한 파묵 지음, 이난아 옮김, 민음사

모든 삶은 서로 닮은 것

_오르한 파묵

이름을 알아야 하는 이유

작가의 무게

독서 모임에 꾸준히 참여하는 이유는 좋은 책을 읽고 함께 이야기하는 즐거움 때문이다. 가끔 부딪치는 문제는 작품의 유명세에 주눅 들곤 한다는 것이다. 유명한 문학상도 받고 전문가들의 평가와 독자들의 합의가 이루어진 작품에 대해 새삼 어떤 말을 해야 할지 눈치 보게 된다. 작가의 대표작을 읽으면 그의 생애와 철학을 전부 알아야 한다는 무거운 부담에 시달린다. 책을 읽기 전에 작가의 이름만으로 어떤 판단을 하지 않으려 책만 열심히 읽는다.

튀르키예 출신의 『오르한 파묵』에 대해선 동·서양 문명의 만남이라는 꼬리표가 붙어 있다. 그런데 읽는 내내 동·서양 문명의 차이나 그들의 만남을 확실히 느끼고 생각하지는 못했다. 작가의 다른 작품들을 읽은 적도 없으면서 단 한 편 어설프게 읽은 것으로 그의 세계관을 논하고 재단할 수도 없었다. 작가의 무게를 내려놓고 재미있게 읽은 이야기를 다른 독자들에게 권하고 싶을 뿐이다.

재미있는 이야기

재미로 따지면 드라마만 한 것도 없다. 2025년 5월에 방영된 〈미지의 서울〉은 일란성 쌍둥이의 성장과 연애를 다룬 드라마다. 공부는 잘하나 몸이 약한 언니와 육상 선수 출신의 동생은 서로에게 어려운 과제가 닥치면 신분을 바꿔 해결한다. 언니기 몸 쓰는 일은 동생이 대신하고, 동생의 결함은 언니가 덮어준다. 어려운 일이 닥쳤을 때 대신 해결해 줄 사람이 있다는 행운, 하물며 대리인이 나와 똑같은 외모를 가지고 있어 세상을 깜빡 속일 수 있다면 그보다 확실한 방법은 없다. 혈연으로 맺어졌으니 비밀 유지도 확실하다. 주변 사람들이 그들의 바뀐 정체를 모르고 어리둥절한 틈을 이용해 문제를 해결하는 것에 드라마의 재미가 있다.

그런데 『하얀 성』에서는 쌍둥이도 아니고 우연히 외국에서 만난 자가 자신을 똑 닮았다니 그 사연 또한 들어볼 만하겠다.

때는 바야흐로 17세기, 결혼을 앞둔 이탈리아의 한 청년은 베네치아를 떠나 나폴리로 향했다. 그런데 불행히도 그가 탄 배는 풍랑에 시달리다 이교도에게 포로로 잡혔다. 오스만 튀르크 궁정으로 끌려갔는데, 거기서 자신과 똑같이 생긴 자를 만났다. 이 불쌍한 이탈리아인이 이후 15년의 세월 동안 자신과 똑같이 생긴 튀르크인과 함께하며 출세와 몰락을 반복하며 어떻게 위기를 모면했는지 따라간다.

튀르크인의 이름은 '호자', 연구 열정과 출세욕을 가진 인물이다. 서구의 천문학과 의학, 신기술과 신무기에 관해 관심이 크다. 앞선 지식을 가진 이탈리아인을 종자로 갖게 되어 신났다. 독자는 똑같이 생긴 두 사람이 언젠가 분명 신분을 바꿔 사고를 칠 것이라는 것을 예견한다. 작가는 결정적 순간을 향해 이야기를 빌드업한다.

이탈리아인은 천문학과 과학 지식을 전수하고 흑사병에 대한 진단과 예방책을 만드는 데 맹활약했고, 덕분에 호자는 왕실의 점성술사가 되었다. 둘의 관계도 돈독해져서 고향에서 있었던 아름답고 그리운 추억을 공유했고 때론 꺼내놓기 힘든 부끄러운 이야기까지도 고백했다. 그것은 서로를 더 깊게 이해하게 되는 계기이기도 하지만 서로를 얽어매는 약점이기도 하다. 모든 것을 함께하는 두 사람은, 거울을 보는 한 사람으로 새롭게 태어났다. 내가 원래 누구였는지는 중요하지 않다. 호자가 나이고 내가 호자인 상태. 매일 밤 이탈리아로 돌아가는 꿈을 꾸는데 거기 등장하는 자가 두 사람 중 누구인지 분간이 안 된다.

이야기의 결말

멍청한 무기와 원정의 실패에 대한 책임을 피하려 이탈리아인은 도망갔다. 그런데 회고록에 의하면 도망간 사람은 이탈리아인으로 위장한 호자였다. 그렇다면 남은 것이 이탈리아아인인데 회고록의 작가는 호자를 지칭한다. 두 사람이 신분을 바꿨다는 것을 누설하는 책을 쓰면서도 이탈리아인은 자신의 이름을 밝히지 않았다.

묻는 자도 대답하는 자도 스스로가 어느 쪽인지 혼란스럽다. 독자도 당황한다. 남은 사람이 이탈리아인이라 생각했지만, 이후의 진술을 보면 꼭 그런 것은 아니다. 신분을 확인할 사람은 두 사람뿐인데 떠난 자는 잘 살고 있다는 소식뿐이고 남은 자는 말이 없다. 절대 자기 이름을 밝히지 않는다. 호자와 함께하며 호자가 되었고 호자인 척하지만, 자신이 호자라고 확실히 말하지 않는다. 이탈리아로 간 자는 거기서 이름을 되찾고 이탈리아 아내의 남편으로 자리매김할 것이다. 결국 정체성이라는 것은 단순히 내가 생각하고 있는 나의 모습이 아니라 다른 사람이 나의 이름을 불러줄 때 결정되는 것이다.

단순하게 생각해 보기

다시 드라마 얘기를 한다. 자매가 신분을 바꿨을 때, 엄마는 그 사실을 알지 못하지만, 친구들은 단번에 눈치챘다. 그것은 짧은 대화면 충분했다. 친구는 과거에 함께 했던 사건을 이야기하다가 결정적으로 자매의 시선이 어긋난 지점을 발견한다. 반면 엄마는 항상 자신의 시선으로 두 딸을 보아왔기 때문에 구분할 필요가 없었다. 두 딸의 성정과 역할을 잘 알고 있다고 생각하는 엄마는 딸의 이름을 따로 부르지 않는다.

정체성을 '한 사람을 특징짓는 고유한 본질'이라 정의한다면 드라마에선 자매가 각각 독립적으로 존재하며, 각자의 이름으로 살아갈 때 원래의 자리로 돌아올 수 있었다. 반면,『하얀 성』에서는 시간이 지날수록 특징이 희석되어 간다. 주인과 종자라는 단계에서 이탈리아인은 이미 독자성을 상실하고 호자에게 종속되었다. 명확했던 구분은 그들이 지식을 공유하며 외모를 이용하여 주변을 속이는 일이 반복되며 서로 닮아가고 끝내 지금 말하고 있는 자는 누구인가라는 질문을 무의미하게 만든다. 둘만의 고립된 성안에서 둘의 구분은 어떤 의미도 없고, 성 밖의 사람들은 처음부터 거기에 하나만 있었을 뿐 둘을 구분할 필요가 없다.

우연히 발견된 육필 원고라는 이중의 방어막을 치면서 모든 사실을 점점 모호하게 만들어 놓은 이 작품은 끝없는 질문을 한다. '나'라는 정체성을 규정하기 이전에 '정체성'에 대한 질문을 던진다. 그것은 과거와 현재의 연결로 결정된다. 내가 나임을 인정받기 위해 타인에게 계속 증명해야 한다. 나를 증명할 타인의 존재가 별 의미를 갖지 않는다면 나의 존재는 나만 알면 된다. 호자를 둘러싸고 있던 궁정의 사람들은 대부분 적대적

타인이다. 그들에게 끝내 이름을 밝히지 않은 이탈리아인은 호자에게 흡수되었고 자신을 잃은 채 살았다. 이탈리아로 돌아간 자가 원래 누구였는지 중요하지 않다. 거기서 이름을 갖고 타인과의 관계 속에 정체성은 변화하고 재창조했을 테니까.

드라마의 두 자매는 모든 문제를 해결하고 원래의 자리로 돌아갔다. 반면 우리의 이탈리아인은 나중 이야기를 아무도 모른다. 그가 다시 행복을 찾았는지도 궁금하고, 그 장소가 베네치아인지 이스탄불인지도 알 수 없다. 이야기에 이야기를 더하고 시간에 시간을 보탬으로써 모든 것이 모호해진 이 작품은 제목이 왜 『하얀 성』인지 하는 질문을 다시 던지게 한다. 읽었는데 기억나지 않는 것. 잘 모르겠는데 재미있는 이야기. 그가 이름만 밝혀준다면 좀 더 명확하게 결말지을 수 있겠다.

오르지 못한 하얀 성

　이 책은 두께가 얇고 무게도 가볍다. 편안한 마음으로 책을 손에 쥐었다. '역사학자가 발견한 필사본'이라는 설정으로 시작하는데, 실제 일어난 일과 꾸며낸 이야기가 섞여서 흥미진진해 보였다. '오스만 제국'이라는 귀에만 익은 시공간에 '호자', '파샤', '파디샤'와 같은 생경한 명칭이 매력으로 다가오기도 했다. 제목인 '하얀 성'은 도대체 무엇이며 언제 등장할까 하는 의문을 가지고 호기롭게 책을 읽기 시작했다. 그러나 결과적으로 나는 『하얀 성』에 오르지 못했다. 갑자기 바뀐 듯한 화자를 쫓아가기 위해 여러 번 책을 뒤적여야 했고, 인간의 정체성과 동서양의 문제 등 어려운 주제 앞에서는 독서를 멈춰야 했다. 나는 『하얀 성』을 보기는 했으나 들어가지 못하고 근처만 배회하다 물러났다.

이야기의 힘

이탈리아 사람인 '나'와 튀르키예 사람인 '호자'. 『하얀 성』에는 쌍둥이처럼 닮은 두 사람이 등장한다. 둘은 외모도 똑같고, 호기심 많고 학문을 즐기는 정신세계도 퍽 닮았다. '나'는 자신이 탔던 배가 튀르키예 함대에 사로잡히면서 '호자'의 노예가 되는데, 둘은 매우 이상한 실험을 한다. 서로의 과거를 글로 쓰고 말로 설명하며 기억을 공유하는 것이다. 경험과 사실, 인간관계, 그때의 느낌, 심지어 무의식의 세계인 꿈의 내용까지 말하며 서로의 과거를 완벽하게 나눠 가진다. 그러고는 마침내 서로의 존재를 바꿔버린다. '나'는 호자가 되어 튀르키예에 남고, '호자'는 내가 되어 이탈리아로 떠난다. 독자는 이것이 과연 가능할까 하는 호기심을 가지고 이야기를 따라간다.

'이야기'를 입력해서 정체를 바꾼다는 사실이 매우 흥미롭다.

황당한 영화적 상상력이라고? 그런데 정말 황당하게도, 심리학적으로 가능한 이야기 같다. 심리학자이자 뇌과학자, 정신과 의사인 그레고리 번스 교수는 자아는 결국 '서사'라고 말한다. 시시각각 사람의 정신은 변화하고, 물리적으로도 세포가 계속 죽어 나가, 과거의 나는 하나도 남지 않는데 어떻게 동일인으로 인식할 수 있는가. 아기 때의 나와 지금의 나를 이어주는 것은 기억 곧 이야기이며, 기억의 빈 부분을 이어주는 접착제도 서사라고 설명한 바 있으니 말이다.[1]

이야기꾼인 작가(오르한 파묵)가 이야기의 힘을 이렇게 잘 알아서 이 이야기를 이야기(소설)로 풀어낸 점이 재미있다. 심지어 '나'와 '호자'의 이야기도 소설(『하얀 성』) 속에서 역사학 교수가 읽고 출판한 필사본 내용이다. 책 속의 책, 이른바 액자식 구성이다. 이런 '이야기들의 향연' 앞에서, 이야기를 사랑하고 이야기를 즐기는 독자들은 홀딱 반하지 않을 수 없다.

1   그레고리 번스, 홍우진 옮김, 『'나'라는 착각』, 흐름출판, 2024

나를 발견하는 곳

'나'와 '호자'가 자신의 과거를 쓰게 되는 계기가 있다. '왜 나는 나인가?' 하는 호자의 질문 때문이다. 꽤 철학적인 이 질문에 답을 구하기 위해서 호자는 자신의 과거를 글로 쓰기 시작한다. 그런데 아무리 써도 내가 누구인지 알아내지 못하고 다른 사람들 얘기만 하며 겉돌게 된다.

'왜 나는 나인가'라고 쓰기 시작했다.
하지만 이런 제목 아래로는 다른 사람들이 왜 그토록 저질이며
바보인지에 관해서 말고는 쓰지 못했다.

'내가 잘 알고 있는 바보들'이라는 제목하에 사람들을 분류하여
뭔가를 썼다. (중략) 아무리 글을 써도 어떤 결론에 도달하지
못했기 때문이었다. 그는 새로운 것을 배우지 못했고,
왜 그가 그인지도 여전히 모르고 있었다.

"저는 정직하고 성실한 부모님 아래 태어나…… ○○학교 ○○학과에서 무엇을 배웠고, ○○동아리와 ○○봉사단체에서 이런 활동을 했으며, ○○회사에서 또 그런 일을 했습니다……."

다른 사람에게 자신을 설명하기 위해서 학력과 경력, 자격을 나열한다. 열심히 이력서를 써 보지만, 칸을 채울수록 이 스펙들의 합이 진짜 나일까 하는 의문이 든다. 호자의 고백록은 우리가 써왔던 진부한 자기소개서였다. 고유한 자기를 파악하고 싶었으나 가정과 교육기관, 직장과 같은 울타리를 빼고서는 나를 설명하기가 어려웠던 것이다. 자신에 대해 쓰면 쓸수록 가 닿는 곳은 오히려 타인이었다.

우리는 무엇을 정의할 때 막막함을 느끼곤 한다. 본질을 꿰뚫기가 어렵기에 경계선을 찾아 더듬거린다. 외부와 차이를 들면 조금 낫다. 이것과는 이렇게 다르고, 저것과는 저렇게 다릅니다, 라고. 혹은 비슷합니다, 라고도. 호자도 자신에 대해 쓰길 원했지만 결국에는 주변의 바보들에 관해서 밖에 쓰지 못했다. 자아를 둘러싼 무수한 세계들 없이는 나의 테두리를 도무지 알 수가 없다. '호자'와 '나'는 동양과 서양이라는 울타리를 바꾸어 그 끝에 다다라 자신의 경계를 온몸으로 체감하기에 이른다.

정체성은 타자와의 차이로 경계를 세우고, 그 방식은 이야기로 구현된다. 작가는 소설을 쓰고, 개인은 '자신'이라는 이야기를 쓰고, 우리 모두는 역사를 만든다. 세상에 이야기가 없는 사람은 없다. 증명할 길 없는 자아를 서사로 채워 나가듯, 우리는 나와 세계를 조금이나마 이해하기 위해 이야기를 읽는다. 다른 사람, 다른 생각, 다른 세계와 끊임없이 비교하고 대조하며 경계선을 그려나간다. 나는 『하얀 성』에 오르지는 못했으나, 정신없이 매력적인 이야기의 세계를 자유롭게 소요(逍遙)했다. 이 책을 통해 나와 세계를 이해하는 데 필요한 윤곽선을 한 점 그은 기분이다.

조르주 페렉 『사물들』

1. 주인공인 제롬과 실비는 사물을 통해 행복에 도달하려
    한다. 작가는 그들이 추구하는 행복을 어떤 방식으로
    묘사하며 독자는 이들의 욕망을 어떻게 현대 소비사회
    에 대한 비판으로 해석할 수 있는가?

2. 제롬과 실비의 사고는 1960년대 프랑스 젊은이들의 욕
    망을 드러낸다. 그것은 현대 우리 사회에 만연한 물질
    만능주의와 소비지상주의와 비교할 때 동일한 형태의
    욕망인가?

3. 작품에서 인물의 내면보다는 사물의 목록과 묘사가 주
    를 이룬다. 이러한 서술 방식은 독자와 인물 사이에 어
    떤 거리감을 형성하며 작가의 사회비판적 의도와 어떤
    관련이 있는가?

4. 제롬과 실비는 자유를 얻기 위해 부자가 되기를 원하지만 결국에는 돈과 사물에 의해 소외되고 무기력해진다. 이 소설은 마르크스주의적 소외의 관점에서 어떻게 분석될 수 있으며 이들이 진정으로 추구했던 자유의 실체는 무엇이었다고 볼 수 있는가?

5. 튀니지에서의 생활은 그들이 꿈꾸던 '시간의 여유'와 '세상의 거리'를 제공했지만 결국 실패로 돌아간다. 그들이 현실로 돌아올 수밖에 없었던 근본적인 이유는 무엇이며, 이는 물질적 풍요가 없는 곳에서도 욕망의 굴레에서 벗어날 수 없음을 시사하는 것인가?

제임스 조이스 『더블린 사람들』

1. 제임스 조이스의 작품들이 가지는 선구성은 무엇인가?

2. 제임스 조이스의 작품 속에서는 '에피파니'라는 문학적 기법이 사용되었다. 각 단편들 속에서 그것은 어떻게 구현되었나?

3. 『더블린 사람들』에서는 잉글랜드의 식민 통치 아래 있던 아일랜드 국민들의 마비성이 드러나 있다. 제임스 조이스는 각 단편들 속에서 어떻게 그것을 직시하도록 하였는가?

보후밀 흐라발 『너무 시끄러운 고독』

1. 주인공 한탸는 폐지 압축을 하며 수많은 고전과 금서를 섭렵하여 현자가 된다. 이러한 파괴를 통한 보존이라는 역설적 행위가 상징하는 바는 무엇인가?

2. 책을 통해 현자가 된 한탸와 세상을 구르며 나름의 삶의 철학을 지니게 된 만차의 삶을 비교한다면 어떤 삶의 방식이 바람직한가?

3. 이 소설은 책이 쉴 새 없이 파괴되는 시대를 배경으로 한다. 왕실도서관의 금박 장정된 책들이 비를 맞으며 파쇄될 순서를 기다리는 장면은 인상적이다. 이런 폭력적인 환경에서 책이 갖는 가치와 저항의 의미는 무엇인가?

4. 한탸가 일하는 지하 세계는 냄새나고 더럽고 시궁쥐가
    들끓는 곳이다. 이 지하세계와 오렌지색으로 대비되는
    지상세계가 의미하는 바는 각각 무엇인가?

5. 책 폐지공 주인공 한탸는 마지막 자신의 압축기에 스스
    로를 압축해 한 권의 책으로 사라진다. 그가 그럴 수밖
    에 없었던 이유는 무엇이며 그가 마지막에 사랑했던 집
    시 여인 '일론카'를 떠올린 것은 어떤 의미인가?

오르한 파묵『하얀 성』

1. 나는 왜 나인가? 베네치아 학자인 '나'와 터키의 '호자'
    는 외모가 쌍둥이처럼 닮았다. 그것을 계기로 두 사람
    은 서로에 대한 정보를 교환하고 결국에는 신분을 바꾸
    는 결말을 맞이한다. 분신 모티브를 통해 작가가 던지
    는 '나는 누구인가'의 본질은 무엇인가?

2. 소설은 정체성이 '경험과 생각의 공유'를 통해 형성된
    다는 메시지를 암시한다. '나'와 '호자'가 서로의 이야기
    를 공유하고 지식을 나눔으로써 본질의 공유를 이룬 과
    정에 대해 알아보자.

3. '나'와 '호자'는 서로 운명을 바꾸었는데 두 사람은 그것
   으로 진정한 행복을 이루었는가?

4. 작가가 서양과 동양을 대표하는 두 인물 '나'와 '호자'
   를 통해 말하고자 했던 궁극적 본질은 무엇이었을까?
   두 문명의 차이점은 무엇이며 두 문명은 융합이 가능한
   가?

5. 제목인 '하얀 성'의 의미는 무엇인가? '하얀 성'은 도달
   할 수 없는 환상의 성채이자 닿을 수 없는 행복을 상징
   하는 것으로 해석되기도 한다. 당신은 '하얀 성'이 동서
   양의 어느 문명을 상징한다고 생각하는가? 혹은 두 문
   명이 지향해야 할 이상향을 상징한다고도 볼 수 있겠는
   가?

책과 마주한 대화들

참석자: 베리, 선혜, 영미, 소연, 은영, 동신, 무영

텍스트: 『사물들』 조르주 페렉

Q. 조르주 페렉의 독특한 문학적 스타일에 대해

베리 처음엔 묘사가 너무 많아서 읽기 힘들었어요. 막 '~할 것이다', '~했을 것이다' 이런 게 계속 나오니까, 왜 이렇게 썼을까 싶더라고요. 근데 지금 우리 세대랑 연결해서 보면 되게 재밌는 거예요. 컴퓨터 옆에 아이패드 있고, 또 옆에 스마트폰 있고… 그런 식으로 사물들이 우리 삶을 규정하잖아요. 그 시대에도 그런 게 있었을 거고, 그래서 이걸 보는 게 흥미롭더라고요.

선혜 공감돼요. 처음엔 번역이 너무 문학적으로 돼 있어서 좀 힘들었어요. '긴 복도의 회색 카페를 따라 미끄러져 갈 것이다' 이런 표현들요. 근데 또 다른 번역본은 '잿빛 카페가 눈에 들어올 것이다'라고 하더라고요. 해석이 다르

니까 느낌도 달라요.

영미 좀 더 문학적으로 했네요. 표현이 확실히 다르긴 해요.

선혜 맞아요. '구리 편자가 번쩍거릴 것이다', '나무 패널을 만든' 이런 묘사들이 연속적으로 나오니까, 처음엔 좀 지루했어요. 사물들이 계속 나열되는데, 이게 뭘 의미하는 건지 의문이 생기더라구요.

영미 이 작품 배경이 60년대 프랑스, 68혁명 무렵이에요. 검색하면 제일 먼저 나오는 작품 중 하나더라고요.

베리 작가가 일부러 실험적인 문체를 썼더라고요. 가정법만 계속 쓰는 것도 그렇고. 저는 그게 현재에 머물지 못하고, 계속 미래에 '~할 것이다'만 반복하는 삶을 표현한 것 같았어요. 지금을 못 살고, 행복도 못 찾는 거죠.

선혜 조건법은 희망을 나타내는 시제지만, 사실과 반대되거나 이루어질 수 없는 미래를 말하는 거잖아요. 결국은 안 될 걸 알면서도 바라는 마음을 담은 거죠.

영미 조르주 페렉은 형식적인 측면에서 끊임없이 실험을 하는 작가예요. 같은 스타일의 작품을 반복하지 않죠. 언어의 규칙과 구조적인 측면에서 새로운 시도를 하기 때문에 단순히 이야기로만 작품을 보지 않고 글의 구성이나 전개 방식 등 형식적 측면에서도 질문을 던지면서 읽어야 하는 작가죠.

Q. 사물들과 인간의 욕망에 대해

선혜 근데 뒤로 갈수록 스토리가 나오니까 재밌었어요. 요즘 젊은 층이나 우리 세대도 그렇고, SNS에서 누가 핫하게 쓰는 물건들 있잖아요. 그런 걸 다 사서 써보고 싶고, 자랑하고 싶고. 그런 세태를 잘 보여주는 것 같았어요. 70년대 얘기인데 지금이랑 똑같은 느낌.

영미 요즘 젊은 애들은 새로운 물건 나오면 기능이 어떤지 써보고 싶어 하잖아요. 그게 단순한 호기심이 아니라, 그 물건을 소유함으로써 어떤 계층에 속한다는 소속감을 느끼는 거예요. 우리도 '저 사람은 넘사벽이야'라고 하잖아요. 그들이 쓰는 물건을 나도 갖고 싶고, 그 문화에 속하고 싶은 거죠. 예를 들어 외국인 학교 보내는 것도 그래요. 어렵게 보내놓고, 그들과 어울리면서 더 좋은 짝 만나서 그런 삶을 살고 싶어 하는 거죠. 여기서도 마찬가지예요. 물건이나 문화적인 요소를 통해 자기를 계층화하려는 욕망이 보여요. 실비와 제롬은 지식인 계층이긴 한데, 완전히 상류층은 아니고 중간쯤에 있는 거죠. 그래서 위로 올라가지 못할까 봐 불안해하는 마음이 있어요. 그게 작품에 잘 드러나 있어요. 인물들 보면 되게 작은 방에서 궁상맞게 살아요. 계속 탈출하려고 하지만 뜻대로 안 되고. 넘어서기가 힘든 거죠.

영미 근데 현실은 그렇지 않죠. 사람을 평가할 때 브랜드 먼저 보잖아요. 남자들은 빚내서라도 차 사고. 그게 평가 기준이 되는 거예요. 무시 못 하죠.

은영 명품에도 계급이 있어요. 예전엔 루이비통이었는데, 이제는 에르메스가 상징이죠. 상위층은 '우린 루이비통 안 들어, 에르메스 들어' 이런 식이에요. 근데 에르메스는 범접하기 힘든 가격이잖아요. 결국 우리는 계속 쳇바퀴 돌듯 달려왔는데, 끝을 보지 못하고 죽는 거죠. 그래서 사람들은 타협해요. '나는 의대 못 가니까, 그냥 이 정도에서 만족하자' 이런 식으로. 꿈과 좌절이 공존하는 거죠.

영미 그럴 바엔 차라리 처음부터 욕망이 허망하다는 걸 알고, 그런 평가 기준을 받아들이지 않는 게 나아요. 그게 자발적인 선택이죠.

소연 저는 제롬과 실비가 현실적이라고 느꼈어요. 열심히 했지만 결국 삶을 갉아먹는다는 걸 깨닫고 방향을 바꾸는 게 터닝포인트였던 것 같아요.

영미 그게 결국 자기 삶의 주도권을 지키려는 선택이죠.

동신 근데 결과는 원하는 대로 안 나올 가능성이 크잖아요.

‘풍요의 바다 위의 궁핍한 섬’이라는 표현이 딱 와닿더라고요.

영미　욕망이 나쁜 건 아니에요. 우리 딸도 뭔가 갖고 싶었는데, 자기 노동으로 취했거든요. 그건 삶의 동인이 될 수 있어요. 근데 부모가 사줘 버리면, 그건 자기 노력으로 산 게 아니잖아요. 욕망만 있는 거죠. 저는 욕망도 건전할 수 있다고 봐요. 그런 욕망을 통해 삶을 개선할 수도 있고. 근데 아무 노력 없이 부모가 사줘 버리면, 욕망조차 없는 거예요. 그건 안 된다고 봐요.

은영　소비 습관을 보면 나는 원래 그렇게 살아왔고, 남들이 보기엔 과소비처럼 보여도 나한텐 그게 당연한 거예요.

소연　맞아요. 그런 소비 습관이 있을 수 있어요.

은영　맨날 ‘너는 왜 이렇게 허투루 써’ 그러는데, 걔는 그냥 그렇게 살아온 거예요.

영미　그건 자기 조건에 맞는 소비죠. 근데 그게 아닌데도 그런 척하려고 소유하는 건 좀 달라요. 제롬과 실비도 그런 수준은 아닌데, 그런 사람인 척하고 싶어 하잖아요. 그건 허위죠.

Q. 사람들은 왜 명품에 열광할까?

선혜 명품을 지님으로써 내가 명품 인간이 되는 느낌. 소유욕이죠. 남들한테 있어 보이고 싶은 욕망.

소연 내가 명품이 되고 싶은 건가요?

영미 존재가 아니라 소유가 계급을 드러내는 방식이에요. 진짜 부자들은 흔한 명품 안 들어요.

소연 남자분들 생각도 궁금해요.

무영 명품은 품질이 좋아요. 몸에도 잘 맞고. 근데 이 가격이 맞냐는 건 다른 문제죠. 어떤 계층에겐 그냥 살 수 있는 물건이지만, 다른 계층에겐 과시의 대상이 돼요.

동신 사람이 명품이면 가진 것도 다 명품이죠. 근데 본인이 명품이 아니니까 물건으로 대리만족하는 거 아닐까요.

소연 저는 명품을 사고 싶을 때가 거의 없는데, 언제 사고 싶냐면 윤여정을 한참 좋아했을 때요. 유튜브에서 윤여정 선생님 나오는 영상들 보면, 그분이 약간 격자무늬 가죽 가방을 메고 나오시거든요. 아무튼 그걸 보면, 그 사람이 너무 좋고, 뭔가 선망하게 되니까 그 사람이 갖고 있는 걸 나도 갖고 싶어지더라고요.

선혜 우리가 SNS에서 선망하고 닮고 싶은 사람들이 있잖아요. 그 사람들이 CF처럼 뭔가를 보여주면, 나도 그들의

삶을 따라가고 싶고, 그들이 가진 걸 갖고 싶고. 그런 욕
망이 생기는 거예요.

영미 근데 명품의 의미가 좀 바뀐 거죠. 원래 명품은 희소성
이 있고, 품질이 좋고, 그런 거였는데 지금은 그걸 몸에
장착함으로써 '내 신분이 이렇다'고 보여주는 수단이 돼
버렸어요.

베리 한참 20대 후반에 친구들 결혼할 때 보면, 결혼식 갈 때
명품백 하나쯤은 꼭 들어야 한다는 분위기 있었어요.

소연 맞아요. 하객으로 갈 때.

베리 그때 친구들도 하나씩 사고, 나도 뒤처지지 않으려고 샀
던 기억이 있어요. 나도 이 정도 살 능력이 있다는 걸 보
여주고 싶어서.

선혜 엄마들도 그래요. 학교에서 학부모 총회 갈 때… 애한테
괜히 민망하지 않으려면 옷도 갖춰 입고, 명품백도 들어
야 되고.

무영 딱 보면 끝나잖아요. 3초 스캔.

소연 우스갯소리지만 학부모 총회 갈 때 제일 하지 말아야 할
게 짝퉁 매는 거래요. 짝퉁만 있으면 티가 안 나는데, 정
품 옆에 있으면 너무 티가 난대요.

무영 요즘은 브랜드들이 모델이 너무 다양해져서 구분이 안

돼요. 예전엔 딱 몇 가지였는데 지금은 수천 가지니까, 그게 짝퉁인지 아닌지 알 수가 없어요. 그냥 '내가 모르는 모델이구나' 하는 거죠. 물건이 아니라 마음이 들키는 거죠.

선혜　근데 모르겠어요. 이런 물질적인 삶을 추구하는 게 잘못된 걸까요?

은영　사람은 인정받고 싶은 욕구가 있잖아요. 누가 '예쁘다', '어디서 샀어?' 이런 말 해주면 기분 좋고. SNS 하는 것도 결국 그런 피드백을 받고 싶어서 하는 거고요.

동신　'나는 쇼핑한다, 고로 존재한다'라는 말 있잖아요. 쇼핑이 큰 즐거움이죠.

소연　근데 그 욕망 자체는 인정해요. 여기서도 나오잖아요. 옛날엔 적어도 욕망이라도 있었는데, 스팍스에서는 욕망도 없어져서 아무것도 아닌 사람이 됐다고. 근데 저는 우아함이나 고상함을 물건으로 채울 수 있다고 믿는 건 좀 천박하다고 생각해요. 그냥 '이건 내 욕망이야'라고 인정하면 오히려 너 쿨힌 것 같아요. 근데 그걸로 '나는 고상해 보여야 해', '나는 전지현이 될 거야' 이런 식으로 생각하면 좀….

은영　근데 그게 일종의 품위 유지일 수도 있어요. 연예인들은 이미지가 생명이잖아요. 짝퉁 들고 다니면 품위가 무너지는 거죠. 사업이 망해도 여전히 명품 들고 다니면 '아, 아직 괜찮구나' 싶고.

무영 망했으면 팔아야죠. 다른 사람의 시선이 중요한게 아닌데.

은영 그렇죠, 팔긴 해야죠. 근데 그걸 유지 못 하면 이미지가 무너지는 거예요. 연예계에서 아웃되는 거죠. 그러니까 품위 이미지도 결국은 보여지는 거예요.

영미 근데 물건으로 품위를 보여줘야 하나요? 행위로도 보여줄 수 있잖아요. 주말마다 봉사하거나 환경운동 한다거나. 굳이 물건으로 보여줘야 할까 싶어요.

은영 근데 그런 것도 있잖아요. 내가 어느 정도 소득이 돼야 그걸 살 수 있다는 걸 아니까, '저 사람은 저걸 걸칠 만큼 노력했구나' 싶은 거죠. 나도 노력하면 저 정도는 될 수 있겠구나.

소연 그건 긍정적인 측면이죠.

무영 결국은 계층 의식도 있고, 동료 의식도 있고, 아이코닉한 물건의 문제가 있는 거죠. 내가 어떤 사람인지를 나타내주는 물건. 예를 들면 체스터필드 소파 있잖아요. 그 소파를 갖고 있으면 나머지가 다 그것과 어울리게 전개돼야 해요. 작가라면 값비싼 만년필 하나쯤은 있어야 할 것 같은 느낌. 자기가 속한 집단, 하는 일에 대한 프라이드, 공간에 대한 프라이드를 나타내는 아이코닉한 포인트. 그게 현대사회의 교양이죠.

동신 근데 사실 그게 업체에서 개명한 상술일 수도 있어요. '품위가 올라갑니다', '격이 높아집니다' 이런 식으로 계속 자극하잖아요.

선혜 맞아요. 견물생심이라고, 요즘은 SNS나 뭐 통해서 보는 게 너무 많잖아요. 옛날엔 그런 거 없을 때는 잘 보이지도 않았고, 알지도 못했는데 지금은 실시간으로 다 보여요. 연예인들이 뭘 들었는지, 이번 시즌에 뭐가 나왔는지 다 알 수 있으니까, 자꾸 사고 싶어져요.

동신 학생들한테 듣는 게 제일 쉬워요. 옛날엔 노스페이스 검은 교복이 유행이었잖아요. 다 입어야 했고.

무영 그래서 학생들이 과잠만 입는 거예요. 7만 원짜리 과잠 하나만 입고 다니면, 아무도 '노스페이스가 없어서 이걸 입는구나'라고 생각 안 하니까.

Q. 남들은 몰라줘도 내가 애정하는 물건이 있나요?

소연 저는 생각해 봤는데, 집을 멋지게 꾸며서 현관에 의미 있는 벽이 있다면, 거기에 책을 놓고 싶어요.

참석자 일동 내가 읽은 책?

소연 네, 제가 읽은 의미 있는 책들을 제일 좋은 자리에 놓고
싶어요. 약간 허영심이 들어간 물건이긴 한데….

영미 그게 가장 좋은 방법이에요. 책은 그 사람을 나타내는
방식이니까. 그 사람이 읽은 책을 보면 어떤 사람인지
알 수 있잖아요.

무영 아까 체스터필드 소파 얘기한 것도 그거에요. 디자인이
좋아서가 아니라, 체스터필드 경이 가졌던 명망에 대한
이야기가 상징적인 거죠. 귀족으로써의 인문적 소양이
있다는 걸 보여주는 거고, 그 소파는 그런 지위를 나타
내는 거에요.

영미 상징적이기도 하죠.

무영 그래서 책을 두고 싶다는 건, 그 책을 읽은 엄마의 마음
을 아이에게 전달하고 싶다는 거죠.

선혜 저는 오늘 정신이 없어서 질문을 못 보고 왔는데, 얘기
하다 보니까 생각났어요. 제가 임원 승진하면서… 그때
좋은 만년필을 선물 받고 싶더라고요. 남편이 '뭐 갖고
싶냐'고 해서, 몽블랑 만년필 하나 갖고 싶다고 했어요.
그래서 선물 받았죠. 그래도 만년필을 그냥 들고 다니면
안 되겠더라고요. 내가 만든 필통에 넣어서 다녀요.

소연　만드셨다고요?

선혜　네, 가죽공방에 가서 직접 필통을 만들었어요. 지금 생각
해 보니까, 내가 가장 좋아하고 아끼는 물건이 그거네요.

동신　사물이 대화를 대신해 줘요. 집에 가면 모르는 사람 있
으면 물건으로 얘기하잖아요. '이 책 참 좋아요', '그림
멋지네요' 이런 식으로. 얘깃거리가 될 만한 물건을 갖
다 놔야 있어 보이고, 격도 높아 보이고.

소연　선생님한테는 그게 뭐예요?

동신　근데 저는 거의 없어요. 다 내려놨어요. (일동 웃음)

영미　다 내려놓으셨구나.

선혜　그래도 생각해 보시면 분명히 있으실 거예요.

Q. 삶을 누린다는 의미는 무엇일까?

소연　작가가 말한 게 삶을 누리는 것과 소유하는 것을 혼동했
다는 거였죠. 제롬과 실비도 물질 추구하는 삶도 살아보
고, 파리를 떠나 스팍스(튀니지의 소도시)에서 내려놓은
삶도 살아보고, 다시 물질 추구로 놀아가고… 그렇지만
그 과정 속에서 행복해 보이지 않잖아요. 아주 잠깐의 일
시적인 행복일 뿐이지, 삶의 의미를 진짜 발견했다고 보
긴 어렵죠. 그래서 그 원인이 뭘까, 이들이 놓친 게 뭘까,

삶을 누린다는 진짜 의미는 뭘까… 질문하고 싶어요.

선혜 오늘 아침 뉴스에서 우루과이 무히카 대통령 서거했다고 하더라고요. 그분이 '우리는 행복에 집중하는 게 아니라 부에만 집중한다'고 했대요. 뭔가에 몰입하고 열중하다 보면 인생이 지나가 버리는 거죠. 나도 뭔가 열심히 하면서 살고 있는데, 과연 진짜 삶을 누리고 있는 건가, 아니면 그냥 열심히 살기 위해 살고 있는 건가… 그런 생각이 들더라고요. 아직도 모르겠어요. 누린다는 게 뭔지. 가끔 센트럴파크 같은 공원을 여유 있게 돌면서, 앉아서 맥주 캔 하나 마시면서 물멍하고 있으면 너무 좋아요. 소확행 느낌 들죠. 근데 일이나 혹은 다른 생산적인 삶이 없으면 그 소확행이 진짜 행복일까 싶기도 해요. 그래서 누린다는 게 단지 그런 순간만이 아니라, 일과 병행했을 때 진짜 행복을 느낄 수 있는 게 아닐까 싶어요. 일에서 행복감을 느끼고, 그걸로 얻은 부로 또 다른 행복을 누리는 거. 근데 물질만 추구하다 보면 결국 불행해지는 것 같아요.

소연 실비와 제롬의 경우에 일에 대한 만족감이나 즐거움이 너무 없었던 거죠.

선혜 그들에게 일은 그냥 수단이었어요. 그 일에서 얻는 행복은 없이, 계속 뭔가를 쫓기만 했던 거죠. 근데 그걸 나이

먹고 나서야 깨닫게 되는 것 같아요. 일을 할 수 있음으로써 누릴 수 있는 행복이 있다는걸.

소연　그 말 진짜 맞는 말인데, 그게 조직에서 가능할까요? 젊었을 땐 몰라요. 한때는 '조직의 성장이 나의 성장이다'라고 믿었는데, 저를 비롯한 MZ는 그런 생각 안 하는 것 같아요.

동신　'적성에 맞는 일, 좋아하는 일을 찾으세요'라고 하는데, 그게 뭔지 모르잖아요. 내가 뭘 추구하는지도 모르고.

영미　그래도 대충은 알지 않아요? 내가 좋아하는 거.

동신　모를 수도 있죠.

무영　자기개발서들 보면, '잘하는 일과 좋아하는 일 중에 뭐가 맞냐' 이런 얘기 나오죠. 직원들한테 맨날 하는 얘기 있어요. '잘하는 일을 하다 보면 좋아하게 된다'고.

베리　저는 누린다는 게 다양한 경험과 감정을 느끼는 거라고 생각해요. 근데 그걸 잘 느끼려면 현재에 살아야 돼요. 지금 이 독서 모임을 하고 있으면, 이걸 통해 느끼고 생각할 수 있는 게 많잖아요. 근데 보통은 '이따 뭐 해야 되는데' 이런 생각에 집중을 못 하죠. 현재에 충실하게 사는 게 누리는 거라고 생각해요.

소연　까르페 디엠.

무영　결국 우리가 말하는 행복은 욕망에 대한 애기죠. 욕망이 없으면 사람이 아니잖아요.

영미　삶에서 자기가 좋아하는 부분에 집중할 필요는 있는 것 같아요. 제가 아는 의사 선생님은 명품 욕심도 없고, 부부가 손잡고 세계 여행만 다녀요. 부럽죠. 이만 마치고, 이제 돌아가셔서 자기만의 관점을 잡아 글을 쓰시면 됩니다. 말과 생각처럼 휘발되는 것들을 글로 붙잡아 놓아야 자기 것이 되는 겁니다.

4부
변형과 괴물성
인간다움의 경계를 묻다

『프랑켄슈타인』

메리 셸리 지음, 오숙은 옮김, 열린책들

우리가 깊이 느낄 때,

우리는 깊이 추론한다.

_메리 셸리

과학 문명과 인간 주체성의 위기

책을 읽기 전까지 프랑켄슈타인이 괴물의 이름인 줄 알았다. 작가의 이름은 익숙하지 않으나 '프랑켄슈타인'은 익히 들었다. 한여름 밤의 무더위를 날려줄 공포영화의 한 캐릭터로 여겼다. 괴기한 인물이 나오는 소설로 생각하고 읽어보려 하지도 않았거니와 오히려 외면하였다. 자세히 알지 못하고 편견을 키운 셈이다.

이제 책과 괴물에 대하여 오해를 풀고 새롭게 바라본다.

2025년 현재에 일어나는 다양한 창조와 그에 따른 문제점을 1818년 발행한 『프랑켄슈타인』 소설 속에서 발견하게 되어 놀랍다. 현재를 들여다볼 수 있는 오래된 이야기 속으로 들어가 본다.

창조자(빅터 프랑켄슈타인) vs 창조물(크리처)

많은 것이 이미 이루어졌으나,

나는 그 이상을 이룰 것이다.

앞서 찍혀진 발자국을 따라 새 길을 개척하리라.

미지의 힘을 발굴하고,

창조의 가장 심오한 신비를 세상에 밝히리라!

_빅터 프랑켄슈타인 (창조자)

스위스 제네바의 귀족 프랑켄슈타인 가문의 아들로, 대학에서 과학을 연구하며 생명의 신비를 발견하여 자신의 창조물(크리처)을 만든다. 하지만 만들어 낸 결과물에 추악함과 공포를 느껴 자신의 창조물을 외면하며 버리고 떠난다. 창조물의 복수로 인해 막냇동생과 친구, 그리고 갓 결혼한 아내를 모두 잃는다. 그리고는 복수하기 위해 떠돌아다니는 창조물을 찾아 북극까지 쫓아간다. 북극 탐험선에 구조되어 자신의 이야기를 한 후 마침내 기력이 쇠해 탐험선 안에서 생을 마친다.

*

나의 악행은

그토록 혐오스러운 고독을

내게 강요했기 때문에 생겨난 것이오!

_창조물(크리처)

창조물은 여러 시체에서 좋은 부분만을 모아 수술로 조립된 후 전기(번개)를 이용해 생명을 얻은 인조인간이다. 그는 외모가 추악하다는 이유만으로 버림받은 후 여기저기 사람 없는 곳에서 자생한다. 어느 날 빅터 프랑켄슈타인을 찾아와 그동안 겪은 자신의 고통과 고독을 말한다. 자신을 버린 잘못을 사죄하라는 의미로 빅터에게 자신과 꼭 닮은 자신의 배우자를 만들라고 지시한다. 빅터는 작업에 착수했으나 얼마 못 가 그러한 창조물이 하나 더 생긴다는 것과 번식에 성공해 개체 수를 늘려갈지도 모를 공포로 인해 거의 다 만들어진 육체를 파손한다.

외모 vs 내면

빅터가 크리처를 만들 때 '가장 아름다운 외모의 특징'들을 골라서 짜 맞추었다. 그렇지만 정작 완성하고 나니 그 모든 것이 합쳐진 결과물은 혐오감을 불러일으키는 모습으로 나왔다. 크리처는 약 245cm의 신장, 긴 흑발, 노란 눈동자, 전해질이 빠져나간 시체와 같은 피부에 혈관이 그대로 비쳐 보인다. 팔, 다리의 비율은 인간과 다르다. 그를 본 인간의 반응은 어딘가 본능적으로 거부감을 가진다. 크리처 자신도 웅덩이에 비쳐서 본 자신의 외모를 섬뜩하다고 할 정도이다. 크리처는 인간이 오르기 힘든 절벽 길을 가볍게 뛰어오를 정도로 민첩하며 인간보다 유연한 관절과 강한 근력을 지니고 있다. 또한, 추위에도 매우 강한 모습이다.

*

크리처는 불운하게 몰락하게 된 눈먼 노인과 그의 아들딸이 살아가는 모습을 훔쳐보며 그 집 헛간에 숨어 산다. 그 집 아들의 연인인 외국인 여성이 사랑을 위해 모든 걸 버리고 아들을 찾아와 재회하고 기뻐하며 행복해하는 모습을 보며 크리처는 자신도 함께 살아갈 배우자와 인간 사회의 사랑을 갈구한다. 그리고 몰래 장작이나 짐승을 잡아 주며 그들을 돕는다. 아들이 외국인 아내에게 말을 가르쳐 주는 것을 훔쳐 들으며 '언어'를 깨우친다. 이어 글도 익힌다.

기회를 엿보고 있던 어느 날 눈먼 노인에게 다가가 자기 자신이 겪어온 험난한 생활과 노인의 가족을 도운 일, 혐오스러운 외모에 대해 말한다. 이에 눈먼 노인이

당신의 모습을 보지 못했지만,
당신은 사람들이 생각하는 것보다 아름답군요.

라고 말하자 크리처는 기뻐한다. 하지만 갑자기 들어온 노인의 가족은 그의 혐오스러운 모습을 본 나머지 크리처가 노인을 공격한다고 생각하여 무작정 두들겨 패서 쫓아낸다. 심지어 그가 또 찾아올까 봐 황급히 이사한다. 크리처는 실의에 빠져서 그들이 살던 집에 불을 지른다. 절망한 그는 숲속에서 방황하던

중 물에 빠진 소녀를 구하는데, 소녀의 보호자였던 남자가 그에게 총을 쏴 버린다. 괴물은 사실 매우 순수하고 착한 성격이었는데 단지 추악하게 생겼다는 이유로 세상 사람은 그를 혐오하고 범죄자도 아닌 크리처를 죽이려 든다.

인간에게 적대적이지 않고 어떻게든 인간과 함께 살아가려고 노력한 가여운 크리처다. 하지만 혐오스러운 외모 때문에 사람들에게 공격받으면서 자신이 남들에게 거부감을 주는 존재란 것을 자각하게 된다. 이로 인해 인간에 대한 증오와 끝없는 자기혐오를 품게 된다. 선하고 순수했던 존재가 인간에게 존중받지 못해 증오와 복수심으로 불타오르는 괴물이 되어간다.

창조 vs 책임

창조물을 만든 건 빅터 프랑켄슈타인 본인이다. 외모가 아무리 받아들일 수 없는 것이라 할지라도 자신의 창조물을 관리하고 부책임하게 내버려 둬서는 안 되었다. 창조물은 처음부터 악한 생물이 아니라 오히려 순진하고 선한 존재였으나 빅터가 창조물을 유기하고 사회는 그의 외모만을 판단하여 세상에 존재 가치가 없게 만들었다. 이로 인해 창조물이 타락하여 인간에게 복수하는 괴물이 되어버린 모습을 보면 과학자나 사회가 갖추어야 하는 책임과 윤리를 되짚어 보게 한다.

이 책의 부제는 '현대의 프로메테우스'이다. 프로메테우스는 진흙을 빚어 인간을 창조했다. 현대의 인간은 프로메테우스처럼 무에서 유를 수없이 창조하고 있다. 인간이 빚어내는 창조는 시간이 지나면서 진보를 거듭하나 한편으로는 인간에게 해악을 끼치고 있다. 전쟁에 사용하는 핵무기, 대량학살을 가능하게 하는 독가스, 생태계를 교란하는 유전자조작, 감시와 가짜를 양산하는 디지털 기술 등이 대표적이라고 할 수 있다.

더하여 인간의 사유 영역까지 넘보는 생성형 AI가 만들어졌다. 막대한 정보의 전달은 물론이고 음악, 그림, 글쓰기까지 해주는 그것은 인간의 마지막 보루인 인간의 심리까지 어루만지는 상황이 되었다. 인간은 자신이 만든 창조물이 얼마만큼 필요 가치로 사용하여야 하는지, 반대급부의 해악은 어떻게 줄여야 할지 씨름하고 고뇌하고 있다. 마치 빅터와 그 창조물처럼. 오래된 고전문학 작품이 과학 문명과 인간이 걸어갈 길을 깊이 생각하게 만든다.

이해받지 못한 것들에 대하여

이야기는 과학자 빅터 프랑켄슈타인이 죽은 시신을 이어 붙여 생명을 창조하는 데 성공하면서 시작된다. 그러나 자신이 만든 존재의 흉측한 외모에 두려움을 느끼고, 피조물을 버리고 도망친다. 방치된 피조물은 스스로를 '괴물'이라 부르며 살아가지만, 실은 누구보다 인정받고 사랑받고 싶어 하는 존재였다. 그러나 반복되는 배척과 혐오 속에서 그는 점차 파괴적인 길로 내몰린다.

이 작품은 흔히 창조자와 피조물의 갈등을 중심으로 읽히지만, 그 이면에는 작가 메리 셸리의 내면이 투영된 두 얼굴이 숨어 있다. 처음 이 책을 읽었을 때는 프랑켄슈타인과 '그것'의 비극적인 서사에 몰입했지만, 훗날 메리 셸리의 삶을 알고 다시 책장을 펼쳤을 땐, 빅터와 괴물 모두 그녀의 내면에서 갈라져 나온 얼굴처럼 보였다.

메리 셸리 속의 괴물

나는 고통 속에서 탄생했고, 고통 속에서 자랐다.
내 마음속 깊은 곳의 그늘은 그 누구도 알지 못할 것이다.

메리 셸리가 남긴 이 문장은 그의 깊은 고독을 이해하는 열쇠가 된다. 메리 셸리는 태어난 지 며칠이 되지 않아 어머니 메리 울스턴크래프트를 잃는다. 또한 낳은 자식들을 어린 나이에 잃는 깊은 상실감을 겪었다. 탄생의 기쁨 대신 버려짐과 파괴로 향하는 괴물의 운명은, 태어났으나 사랑받지 못하고 상실되었던 작가 자신의 경험과 겹친다.

나는 사랑받고 싶었다. 그들은 내 존재를 혐오했다.

괴물의 이 고백은 메리 셸리가 세상과 마주하며 느꼈던 소외감과 이해받지 못함을 대변하는 목소리이다. 괴물이 외모로 인해 고립되었듯, 작가 역시 여성이라는 이유로 지성과 창조성을 온전히 인정받지 못했다. 『프랑켄슈타인』이 익명 출판 당시 인기를 끌었으나 저자가 젊은 여성이라는 사실이 알려진 후 평가 절하된 것은 그 시대의 편견을 증명하는 일화다.

그리고 메리 셸리 속의 빅터

괴물이 그녀의 고독한 외침이라면, 빅터는 그 목소리를 억누르고 외면하려는 자아로 느껴진다. 빅터는 과학자로서의 욕망과 인간으로서의 책임 사이에서 끊임없이 갈등한다. 피조물에게 책임을 지지 않고 회피하며, 두려움 속에서 괴물을 버리는 모습은 바로 메리 셸리 자신의 또 다른 내면이기도 하다. 빅터의 창조 행위는 인간이 무한한 지적 욕구와 자연에 대한 도전을 상징하며, 이는 당대 여성에게 금지되었던 지적 영역에 메리 셸리가 발을 들여놓은 것을 의미한다.

빅터는 그러한 억압의 그림자이자, 세상 앞에 설 때마다 두려움에 떠는 자아이다. 괴물이 표현이라면, 빅터는 그 표현을 스스로 검열하는 주체였다. 첫 출판 시 익명으로 작품을 발표해야 했고, 작품의 작가로 남편이 추측되면서 '창조자는 숨겨져야 한다'는 빅터의 회피적 자아는 현실화된다. 이는 곧 작가가 겪었던 '창작자로서의 소멸'을 상징한다.

빅터와 괴물은 작품 속에서 대립하지만, 결국 하나의 인격이 분열된 모습이다. 창조와 파괴, 기대와 실망, 표현과 억압이 충돌하는 내면의 풍경. 그것이 곧 메리 셸리의 초상이다. 이해받지 못한 채 고립된 채로, 글을 통해 자신을 구해내려 했다.

우리 안의 빅터와 괴물

오늘날 우리는 『프랑켄슈타인』을 단순한 공포나 과학 윤리에 대한 이야기가 아니라, 내면 깊숙이 존재하는 서로 다른 자아의 갈등, 창조와 파괴, 인정과 배척 사이에서 흔들리는 인간의 초상을 마주하게 된다. 이 소설은 우리에게 질문을 던진다.

'우리는 내면의 괴물을 어떻게 마주하고 있는가.'

'어쩌면 우리 모두에게 빅터와 괴물이 공존하는 것은 아닐까.'

'이해받지 못한 존재는 어디로 가는가.'

빅터는 합리성과 이성을 상징하며, 괴물은 우리가 외면하고 싶은 비합리적인 감정, 상처, 욕구와 같다. 우리는 살면서 빅터처럼 내면의 '괴물'이 탄생했을 때, 그 끔찍한 모습을 보고 도망치거나 숨기려 한다. 사회의 기준에 맞지 않는 우리의 열등감, 트라우마, 혹은 억압된 창조적 욕망 등을 '흉측한 괴물'이라 치부하고 외면해 버린다.

하지만 괴물이 결국 빅터의 삶 전체를 파괴했듯이, 우리가 부정하고 책임지지 않은 내면의 그림자는 언젠가 되돌아온다. 작품은 바로 이 지점을 통렬하게 지적한다. 내면의 어두운 부분을 단순히 제거하거나 회피할 수 없다는 것. 그 존재를 외면하는 것은, 결국 우리 자신의 일부를 부정하는 일이다.

메리 셸리의 고독이 낳은 이 비극적 걸작이 묻는 질문에 어떤 답이 주어질지는, 지금 이 책을 읽고 있는 우리의 몫이다.

『새들은 페루에 가서 죽다』

로맹 가리 지음, 김남주 옮김, 문학동네

삶이 나를 산 것이지, 내가 삶을 산 것이라는 확신이

그다지 서시 잃는다.

_로맹 가리

인간적인, 너무나 노골적인

열여섯 편의 단편으로 이루어진 '로맹 가리'의 『새들은 페루에 가서 죽다』는 인간의 속성을 다양하게 풍자한다. 대부분 경악과 황당함을 동반한 극적인 반전이 있어 읽는 내내 집중력을 요구한다. 해피엔딩은 하나도 없으나 여운은 오래 남는다.

소설 전체를 아우르는 그림은 인간의 자기기만에 대한 신랄한 삿대질이다. 간혹 정황 설명이 부족해 와닿지 않는 부분이 있으나 독자가 상상력을 발휘하면 추정할 수 있다. 각 편이 인간성을 평가하는 척도가 되니 자신은 몇 개 항목에 해당하는지

세어보고 성찰의 시간을 갖도록 하자. 소설 전체를 이야기하기 어려워 일곱 편만 소개한다.

작가 로맹 가리는 1956년 '하늘의 뿌리'로, 1975년에는 '자기 앞의 생'을 '에밀 아자르'라는 가명으로 발표하여 공쿠르상을 두 번 수상한 유일한 작가이다. 1980년 권총으로 자살했다.

새들은 페루에 가서 죽다

한때 혁명가였던 그는 지천명(知天命) 나이에 이르자 새들이 와서 죽는 페루의 해변에서 카페를 운영하며 여생을 보내려 한다. 명분이든 여자든 아무것도 기대하지 않겠다고 다짐한다. 어느 날 그는 바다에 빠져 죽으려는 여자를 구한다. 여자의 체취를 느끼자 대책 없는 어리석음에 점령당한다. 죽으러 오는 새 중에서 가장 아름다운 한 마리를 구하고 자신과 함께 머문다면 그의 삶은 성공적으로 마무리할 것 같다. 희망의 유혹은 피할 수 없다.

그런데 그녀는 불감증 환자였고 자살 시도는 치료법 중의 하나였다. 몰래카메라에 걸려든 느낌이다. 혁명가에게는 일생일대의 치욕이다. 아름다운 새가 그 얼굴에 똥을 쌌다. 마지막에 그녀가 잠시 그를 돌아본 것은 또 한 녀석 엮었다는 성취감인

가. 이후 그는 없었다. 그녀를 지키겠노라 준비했던 권총을 자신에게 사용했을지 모른다. 새 한 마리 페루까지 날아와 남자 하나 해치웠다.

혁명의 큰일을 이루고 자연으로 돌아갔으면 거추장스러운 것은 벗어야 한다. 이념(理念), 이성(理性), 이성(異性) 중 어느 것을 버리고 잡을 것인가. 혁명가도 뼛속 깊이 느끼지 않았는가. 고독의 아홉 번째 파도는 인간의 능력으로 막을 수 없다는 것을. 불가항력이다. 그 파도에 휩쓸린 결과는 당연히 면책(免責)이다. 눈 질끈 감고 본능에 솔직하면 답이 금방 나온다.

류트

N 백작 부인은 완벽에 가까운 내조의 여왕이었다. 외교관 남편의 체면과 품위와 명예를 지키는 데 전력을 다했고 자식들도 남부럽지 않게 키웠다. 최근 그녀는 신경이 극도로 예민해졌다. 남편에게서 불길한 기운이 느껴지기 때문이다. 하찮은 스캔들로 그의 정년이 위협받을까 걱정이다.

N 백작은 말년의 고참 외교관이다. 아내의 헌신적인 내조 덕분에 큰 허물없이 직업 외교관을 마무리하겠지만 뭔가 허전하다. 언제부터 아내가 여자로 보이지 않는다. 애초부터 그녀와는

정략결혼이었다. 그간의 노고는 고맙지만 이제 마음대로 살고 싶다. 이 나이에 무슨 일이 있겠는가.

그는 자신에게 예술적 재능이 있다고 믿어 이스탄불 골동품 시장에서 많은 시간을 보낸다. 물건은 사지 않고 감상만 하니 평판이 나쁘다. 늦게나마 이를 회복하려고 류트(lute)를 샀다. 평소 관심이 많던 조각품 대신 악기를 선택하다니 좀 수상하다. 그는 집에서 골동품상 조카의 류트 교습을 받는다. 조카는 매력적인 청년이다. 레슨 횟수가 늘어날수록 아내는 헛된 확신이 늘어가며 폭삭 늙어간다. 둘의 교습 소리가 나지 않으면 그녀는 다른 류트를 가져와 위장 연주를 했다. 침묵의 소리는 귀를 막아도 들린다. 백작의 손가락이 류트가 아닌 다른 것을 연주하는가.

남편이 타지로 전출되기도 전에 그녀는 정신적으로나 신체적으로 무너질 가능성이 크다. 그 전에 수를 내야 한다. 증거 없는 확신은 자학이요 자멸이다. 들어가서 직접 확인해야 하는데 문밖에서 화병만 키우고 말았다. 외교관 부인도 공식적인 직함이다. 그녀도 말년 외교관 부인이 아닌가. 맘먹은 대로 저질러도 모두 용서될 것인데 아쉽다.

어떤 휴머니스트

유대인 사장은 나치가 권력을 잡은 이후의 상황을 제대로 판단하지 못했다. 사람 마음에 깃든 정의감과 절제와 이성이 나치의 광기를 잠재울 것으로 믿어 의심하지 않았다. 하지만 정치적 압박을 느끼고 지하실로 피신한 후 충직한 부부에게 재산 관리를 맡긴다. 히틀러는 이미 죽었으나 그는 모른다. 변함없이 최선을 다해 그를 돌보는 부부에게 한없는 감사를 표하며 죽는 날을 기다린다. 그는 휴머니즘에 사기를 당해 전 재산을 빼앗긴 호구이다.

사람은 믿을 게 못 된다는 경험을 뼈저리게 했으면서도 당하는 사람이 많다. 사기 능력은 인류의 문명 발전 속도와 궤를 같이하며 항상 한 박자 앞선다. 속지 않기 위해 개발된 제도와 기법이 많으나 유효기간이 짧다. 신의성실은 외계로 파견을 나갔나 여기저기 사기꾼이다. 나 자신도 가끔은 나를 속일 때가 있다. 피해가 크지 않아 다행이지만 그 횟수가 늘어나는 게 문제다.

몰락

노조 재건을 위해 전설적인 노조 지도자를 초빙하러 가는 일행은 기대가 컸다. 한창때 그는 반대파를 시멘트 속에 생매장하고 강에 던져버리거나 시멘트를 발라 등신상(等身像) 형태의 조각품으로 전시하는 등 기행을 일삼은 자이다. 노조를 살리기 위해서는 그의 잔인성이 절대 필요하다.

반갑게 해후했으나 예상과는 완전 딴판이었다. 그는 정열적인 미술가가 되어 미국 전시회를 준비 중이었다. 이 꼴 보려고 온 것 아니다. 대의의 위대함이 우선하며 목적이 수단을 합리화한다. 노조의 영광과 투쟁의 동력을 영속하기 위해 그는 원래의 모습으로 돌아가야 한다. 우리가 대신 그렇게 만들어 주겠다, 그를 죽여 시멘트 등신상을 만든 다음 투쟁 본거지에 전시하여 연대정신을 살려야겠다. 그리고 그를 총으로 쏴 죽이고 시멘트 궤짝에 넣어 공수한다.

사람이 갑자기 변하면 죽는다. 변절 또는 전향은 사상의 자유를 행사한 것이지만 깊은 고뇌와 극도의 불안 속에서 이루어진다. 한 번 변절자로 낙인찍히면 죽음이나 마찬가지이다. 그런데 이 일반원칙이 통하지 않는 집단이 우리 사회에 있는데 특히 선거철에 자주 볼 수 있다. 이들을 시멘트 대신 분뇨통에 넣어 질식시켜야 하나.

가짜

성공한 사업가인 S는 사회적 신분 상승과 예술적 허영을 충족시키고자 그림을 수집한 결과 그의 미술품에 대한 안목은 전문가 수준이 되었다. 그는 어떤 사업가가 구입한 고흐의 그림이 가짜라고 공개적으로 떠들어댔다. 복수를 다짐한 그 사업가는 S에게 파멸의 증거를 찾아 보냈다. S 의 어린 부인이 흉물스러운 매부리코를 수술하기 전의 사진이었다. 그림의 진위는 단박에 분간하는데 사람은 제대로 알아보지 못했다. 사랑에 눈이 멀어 안보였거나 뒷조사를 충분히 하지 않은 결과이다.

보통 사람도 사람 얼굴에 칼을 댔는지 한눈에 알아보는데 S의 전문가 실력은 가짜다. 더군다나 자기보다 스물세 살이나 어린 여자를 아내로 삼는 것은 '도둑놈 심뽀'이다. 그래서 그의 사랑도 가짜다. 또한 딸의 얼굴을 고쳐서 결혼 시장에 높은 값으로 내놓은 그녀의 부모도 가짜일 가능성이 높다.

벽

의사에게 크리스마스 이야기 하나 해달랐더니 비참하게 자살한 젊은이들 이야기를 한다. 한 젊은이는 짝사랑하던 처녀가 사는 바로 옆방에서 들려오는 '독특한 소리'를 성행위 소음으로 오해하고 낙담한 나머지 유서를 쓰고 목을 맸다. 밝혀진 결과 그녀의 신음소리는 비소중독의 고통이었고 그녀가 비소로 자살을 택한 이유는 고독과 삶에 대한 혐오감 때문이었다.

서로 말이라도 텄으면 동병상련을 느껴 사랑을 얻을 수 있었는데 서글프고 안타까운 크리스마스 이야기이다. 벽이라도 두드려 보든지 벽에 구멍을 내고 훔쳐보기라도 했어야지. 벽두께는 손가락 길이보다 얇은데 마음의 벽은 너무 두껍고 단단했던 모양이다. 공상의 벽돌만 쌓았다.

예나 지금이나 층간 소음도 고통스럽지만 벽간(壁間) 소음도 괴롭다. 고시원의 벽을 상상해 보라. 일이 커져 살인까지 일어난 사례도 있다. 벽을 부수고 함께 사는 것도 한 방법이다.

도대체 순수는 어디에

순수에 목마른 그는 도시를 떠나 남태평양 타히티로 가서 조그만 섬에 정착한다. 주민들의 순수한 영혼과 무구함 덕택으로 돈 한 푼 들이지 않고 생활을 영위할 수 있었고 특히 추장 딸의 후의가 큰 역할을 해주었다. 어느 날 추장 딸이 선물을 보냈다. 선물을 싼 천은 놀랍게도 폴 고갱의 그림이었다. 원본이 확실하다면 파리에서 엄청난 가격을 받을 수 있다. 그가 그림에 관심을 보이자 추장 딸은 어떤 프랑스인이 할아버지에게 그림을 뭉치로 남겨주었다고 했다.

그림을 모두 파리로 가져가겠다는 의욕이 넘쳤다. 자기 전 재산을 그녀에게 주고 프랑스행 배를 호텔에서 기다린다. 호텔주인은 또 한 사람 당했다는 듯이 추장 딸의 정체를 설명한다. 고갱 그림을 모사하는 작가란다. 그는 천박한 계산이 인간의 영혼을 더럽힌다고 탄식한다. 그녀는 파리에서 그림을 배웠고 그 재능을 고향에서 써먹었다. 그녀를 오염시킨 주범은 유럽의 물질문명이라 할 수 있다. 그도 결국 속물에 불과한 유럽인 중의 한 명이다.

순수는 드물다. 모든 물질은 내부에 불순물이 있다. 증류수는 순수한 물이지만 무기질이 없어 식수로 부적합하다. 순수한 인간은 더더욱 드물다. 사람이나 물질이나 어느 정도 불순물이 함께 섞여 있어야 정상이다. 따라서 허용범위 이내로 오염된 인간은 지극히 정상이라 하겠다.

이 책에서 로맹 가리의 소름 돋는 글솜씨 덕에 인간의 속성을 대리 경험할 수 있다. 마음속 깊은 곳에 숨어있는 허세와 뻔뻔함을 헤집어 가면서 인간은 매우 비이성적이고 충동적이라는 사실을 확인할 수 있다. 나뿐만 아니라 다른 사람들도 비슷한 수준의 인격을 지닌다는 점에서 짙은 안도감이 밀려온다. 다 읽자마자 다시 책을 펼쳤다. 책장을 넘길 때마다 사람 냄새가 난다. 적당하게 숙성된 묵은지 맛이다. 그래서 몇 번 읽어도 질리지 않는다.

희망이라는 미끼, 아! 생각하는 갈대여!

"이 새들이 모두 이렇게 죽어 있는 데에는" 하고 그는 말을 이었다.
"이유가 있을 거요"

로맹 가리는 1914년 모스크바에서 태어났다. 유대계로 태어
나 프랑스인으로 살았다. 파리에서 법학을 공부했고 제2차 세
계대전에 로렌 비행중대 중위로 참전해 레지옹도뇌르 훈장을
받았다. 첫 소설 『유럽의 교육』으로 비평가상을 받으며 일약 작
가적 명성을 얻었다. 『하늘의 뿌리』로 1956년 공쿠르상을 받았

고, 1975년 에밀 아자르라는 필명으로 발표한 『자기 앞의 생』으로 다시 한 번 공쿠르 을 수상해 파문을 일으켰다.

덧붙이자면 공쿠르상은 한 작가가 평생 한 번만 수상한다. 한 작가의 두 번 수상은 사실 여부를 떠나 사건이다. 필명을 바꿨다지만 글에는 작가 고유의 스타일이 드러나기 마련이다. 그것을 알아챈 사람이 없었다는 건 내로라하는 비평가들이 우매하거나 로맹 가리의 글이 탁월했음을 의미한다.

『새들은 페루에 가서 죽다』는 총 16편의 단편이 실려 있는 책으로 로맹 가리의 거장으로서의 면모가 유감없이 드러난다. 단편이지만 작품 완결성이 뛰어나고 구구절절한 설명 없이 행간의 무수한 여백으로 상상력을 확장시켜 무릎을 치게 만든다. 단편마다 인간성의 탐구, 그것에 대한 신랄한 풍자와 해학, 애잔함 등이 묻어난다.

어떤 책은 꼼꼼하게 읽어야 한다. 훌떡 넘긴 밥이 허기는 채울지언정 아무 맛이 없는 것처럼 책이 장식 이상의 의미를 가지려면 단어, 문장, 행간, 쉼표 하나 허투루 넘겨서는 안 된다. 짧은 책일수록 그러하다. 표제작 「새들은 페루에 가서 죽다」는 그러한 책이다. 대충 읽은 처음에는 의미가 잡히지 않는다. 몇 번을 정독해야 페루의 해변가를 서성이는 남자와 여자가 떠오른다.

바다를 닮고자 했던 남자

리마의 북쪽에서 십 킬로미터나 떨어져 있는 해변에서 카페를 열고 있는 남자. 해변 가득 널브러진 새의 주검은 그에게 아무 감흥도 불러일으키지 못한다. 그는 이미 수많은 죽음을 목격한 터이다. 그런 남자에게 이 해변은 도대체 어떤 의미일까? 새들처럼 남자에게도 이곳은 영혼을 반납하러 간다는 '인도의 성지 바나라시 혹은 진짜 비상을 위해 자신들의 몸뚱이를 던져버리는 곳'이 아니었을까? 그는 그러한 의도로 이 해변으로 왔다.

남자는 스페인 내전에서, 프랑스의 레지스탕스에서, 쿠바 시에라 마드레 산에서 카스트로와 함께 전투를 치른 다음이다. 그리고 모든 것이 종말을 고하는 안데스산맥 발치의 페루 해변으로 몸을 피한 상태이다. 이미 산전수전 공중전을 다 치른 그에게 고매한 명분, 여자는 아무 의미가 아니다. 그에게 그것은 결말이 뻔한 삼류소설이나, 성패를 알고 있는 시시한 게임이었다.

그는 이미 아무에게도 편지를 쓰지 않았고,
누구에게서도 편지가 오지 않았다.
자기 자신과의 관계를 끊으려는 그 불가능한 일을 하려고
다른 사람들과의 관계를 끊어버렸다.

고독을 택한 남자. 아마 아홉 번째의 파도가 온다 해도 그는 흔들리지 않을 것이다(아홉 번째로 오는 파도가 가장 높다는 가설이 있음). 단지 자연은 사람을 배신하는 일이 거의 없으므로 자연에서 위안을 구하려 이곳에 왔을 뿐이다.

그는 그곳에서 바다를 닮아간다. '바다는 영생의 이미지, 궁극적인 위안과 내세의 약속'이라 믿으면서. 그러나 삶은 알 수

없다. 절대 흔들릴 것 없어 보이는 남자의 내면에 균열을 내려 한 여자가 해변에 당도한다. 여자는 자살을 시도한다. 생명에의 존중이 아닌, 단지 귀찮아질 것을 염려한 남자는 그녀의 손을 해변으로 잡아 이끈다. 여자는 죽음의 순간에 자신을 삶의 편으로 이끈 남자에게 자신의 생을 의탁하려 한다.

그녀가 그에게 머물겠다는 의도는 단순하다. 있는 그대로 자신을 받아주었기 때문이다. 지난밤 그녀는 강간을 당했고 그 모멸감이 생의 의지를 꺾은 것이었다. 그러나 상처 입은 여자를 바라보는 남자의 감정은 양면적이다. 남자의 고요하던 바다에 풍랑이 일기 시작한다. 그 순간 그도 어쩔 수 없이 '생각하는 갈대'였다.

그는 저항하려 애썼다. 그를 무너뜨리려 고독의 아홉 번째 파도가 다가온 것뿐이었다. 그는 그것에 휩쓸리기를 거부했다. 다만 그녀의 목에 얼굴을 묻고 몇 초만 더 그 젊음을 들이마시고 싶을 뿐이었다.

......

그러나 한편에서는 그가 대책 없는 어리석음이라 이름 붙인......, 자신의 손안에서 모든 것이 부서지는 걸 목격하는 일에 습관이 되어 있었음에도 불구하고...... 체념을 거부하고 희망이라는 미끼를 물고 싶어 했다.

......

그는 모래 언덕으로 와서 숨을 거두는 새 중에서 가장 아름다운 새 한 마리를 구하고 보호해 여기 세상의 끝에 자신과 더불어 머물게 함으로써, 종착점에 이른 자신의 삶을 성공적인 것으로 만들고 싶다는 ...... 희망의 유혹에 ......

얼떨떨해진 채 고개를 내 저었다.

공작을 닮은 여자

그녀는 희열을 모른다. 그녀가 찾는 기쁨이 남편 말에 근거한다면 다분히 성적인 것 같으나 그것은 이미 상관없다. 어떤 방법으로도 아직까지 생의 충만함과 희열을 알지 못하고 찾지 못했다는 사실이 중요하다.

그녀는 그것을 찾아 세상 끝까지 가려 했다. 세계 일주만도 세 번째이다. 그러나 삶의 희열이란 작위적인 연출로 얻어지는 게 아니다. 어쩌면 수없이 세계를 이루는 것들과 우연한 만남으로 부딪쳐야 하고 때로는 자신이 가진 것을 내려놓아야 온다.

그러나 여자는 너무 많은 것을 지녔다. 에메랄드빛 원피스에 초록색 스카프, 다이아몬드 목걸이와 귀고리 그리고 반지와 팔찌. 그녀의 몸에 지닌 것들 모두는 남편에게서 온 것일 터.

세상 밖으로 나가기 위해 그녀는 먼저 사랑이라는 이름으로 그녀를 소유하려는 남편의 손아귀에서 벗어나야 한다. 공작의 화려한 깃털부터 먼저 뽑아야 할 것이다. 자신의 문제는 스스로 해결해야 한다. 그것은 결코 타인에 의해 해결되지 않는다. 남편은 그녀를 그냥 내버려 두어야 했다. 여자는 절규한다.

"날 내버려 둬요, 가 버려요. 입 다물어요. 제발 날 내버려 둬요."

여자의 남편은 그것을 모른다. 그녀를 위한다는 빌미로 자신의 방식대로 '나무랄 데 없는 주부'로 만들려는 그에게 그녀는 하나의 소유물인 뿐이다. 모든 것에는 인과성이, 과학적으로 해명하지 못할 것이 없다고 믿는 그는 그녀의 문제를 또다시 유명한 과학자에게 맡기려 한다. 남편은 여자 스스로 내부의 충만함과 희열을 찾을 기회를 주지 않는다. 여전히 자신이 제시하는 다양한 솔루션으로 여자의 문제가 해결되리라 생각한다. 그러나 여자가 가진 삶의 권태는 정해진 틀 속에 그녀를 가두려는 남편이 여자를 대하는 방식을 포기하거나 그녀가 남편이 지닌 것들에게서 자유로워지지 않으면 해결되지 않을 것들이다.

남자와 여자

페루의 해안가에서 고독을 택한 남자. 그가 휩쓸리기를 두려워하는 아홉 번째 파도의 정체는 무엇일까? 그는 이미 인간의 보편적 이상을 위해 여러 번 삶의 고비를 넘겼었다. 스페인 내전에서, 카스트로와 함께했던 쿠바 혁명전선에서 대의 앞에 목숨을 초개처럼 여기고 고귀하게 죽으리라 다짐했을지도 모르겠다. 일반인들이 두려워하는 죽음이 그에게는 심상한 경험이다. 해변가에 수없이 밀려온 새의 주검이 대수롭지 않았던 것은 자신이 이미 여러 번 죽음의 근처에 가 보았기 때문일 것이다.

대범한 남자인 '자크 레니에'에게 우연히 등장한 그녀. 돈 많고 젊고 예쁜, 게다가 한 마리 가녀린 새 같고, 보호본능을 절로 자극하는 캐릭터다. 그는 그녀의 출현으로 사람의 마음이 얼마나 연약하고 부서지기 쉬운 것인가를 깨닫는다. 파도 속에서 구한 그녀와 함께 남은 생을 위로 받고 남들처럼 오순도순 살아가고픈 '희망의 유혹'을 거스르지 못했다. 그건 자신의 나약함을 스스로 인정하는 행위. 그는 그녀 자신인지 혹은 그녀 남편의 의도일지도 모르는 연출 앞에 멋지게 당한 것이다.

그는 자신의 명예가 훼손되는 걸 누구보다 견디지 못하는 사람일 것이다. 47세의 나이. 명예와 여자는 아무것도 아니라고 늘 다짐하고 또 다짐했었다. 그의 삶에 두세 번 왔다 간 여자는 배신의 기억만 주지 않았던가! '결정적 체념의 순간'에 사람을 여자에게 밀어붙인 '환상의 힘' 따위를 그는 믿지 않기로 작정했었다.

하나의 사건에는 하나의 분명한 인과적 설명이 있을 거라고 그는 믿는다. 하지만 세상사는 그렇게 굴러가지 않는다. 우연의 소산이야말로 세계를 액티브하고 신비하게, 살아볼 만한 것으로 만들지 않는가! 그에게 우연히 당도한 가녀린 새 한 마리. 그 새에 생의 마지막을 의탁하고픈 가녀린 또 한 마리 새 자크레니에.

대의를 위해서 사랑 따위를 사소한 것, 시시한 것, 해서는 안 되는 불순한 것으로 치부하는 이들은 이미 혁명가가 아니다. 무엇을 위한 대의인가? 상처받을 것이 두려워 사랑을 회피하고 세상과 담을 쌓는 이는 진정한 사랑을 모른다. 수많은 잔파도에 몸을 맡겨봐야 큰 파도가 와도 이겨낼 수 있을 터이다.

혁명가로서 자신의 이미지에 여자의 사랑을 갈구하는 것이 너무 치졸해 보여서일까? 남은 일생을 아옹다옹하며 함께 하며 위로하고 위로받고픈 님프의 존재를 희구하는 이중성이 그토록 못 견딜 것이었을까? 우연히 날아든 사랑. 그것이 선물이 될지, 상처 혹은 트라우마가 될지는 아무도 모른다.

결국 남자는 아홉 번째의 파도를 넘지 못했다.

다시 페루의 해안. 새들이 죽는 이곳. 비상을 위해 죽어가는 이곳. 그곳은 과학적 논증으로 결코 이해되는 공간이 아니다. 무슨 이유로 이곳에서 새들이 죽어 가는지 그 이유는 새가 아닌 인간은 아무도 모른다. 다만 가장 높이 날아본 새들과 까마득한 거리를 떨어져 본 새들은 죽음의 이유를 알 것이다.

한바탕 연극 후에 남편과 떠나는 여자가 되돌아본 그곳은 이미 아무것도 없는 텅 빈 공간이다. 카페도 남자도 없다. 공과 허의 세계이다.

『고양이와 쥐』

권터 그라스 지음, 박경희 옮김, 문학동네

역사는 돌이킬 수 없지만, 글쓰기는

그 돌이킬 수 없음에 대한 저항이다.

_귄터 그라스

겨누어진 총구가 향하는 곳

권터 그라스의 『고양이와 쥐』는 『양철북』, 『개들의 시절』과 함께 단치히 3부작이라 불린다. 단치히는 독일이 제1차 세계 대전에서 패한 뒤 베르사유 조약에 의해 세워진 중립도시이다. 1939년 히틀러가 단치히의 반환을 구실로 폴란드를 침공하며 제2차 세계대전의 도화선이 되었다. 이 망중한 땅에서 권터 그라스는 1927년 태어났다. 작품의 배경은 그라스의 기억과 경험의 산실이며, 작품 속 화자 필렌츠의 고백은 작가의 것이기도 하다. 그는 1999년 노벨문학상을 받았다. 나치즘을 신랄하게 비판하며 비이성적 광기의 실체를 문학의 힘으로 해부하고 고발했다는 평을 받았다.

그는 진보적 정치 신념을 바탕으로 전후 독일의 나치 청산을 강조했고, 이스라엘 핵무장을 비판했다. 1970년 내란음모 혐의로 사형선고를 받은 고 김대중 대통령의 석방을 촉구하기도 했다. 행동하는 민주주의자로 칭송받던 그는 돌연 팔십에 이르러 과거 나치 친위대에 복무하였음을 고백한다. 너무 늦은, 비겁한 고백이라는 비판과 지식인의 용기라는 옹호 사이에 한동안 논쟁이 격렬했다. 작가는 자신의 치부를 드러내며 이같이 밝혔다.

어떻든 나는 수십 년 동안 그 단어와 두 글자(SS, 즉 친위대를 의미)를
고백하는 것을 거부해 왔다.
내 젊은 날의 어리석은 우쭐함으로 받아들였던 것을
나는 전후에 점점 커져 가는 부끄러움 때문에 침묵하고자 했다.
하지만 부담감은 남아있었고, 그 누구도 그것을 덜어줄 수 없었다.
_귄터그라스, 「양파껍질을 벗기며」(민음사)

그의 진솔한 변명에도 부수를 올리기 위한 꼼수라는 비난은

계속되었다. 소설을 읽은 뒤 독자로서 어떠한 입장에 서게 될지 궁금해하며 책을 펼쳤다.

전쟁과 소년들

일인칭화자 필렌츠의 시선은 요하임 말케에게 꽂혀있다. 어린 시절 사고로 부친을 잃고 반고아가 된 말케는 병치레가 잦았다. 제2차 세계대전이 시작된 해, 열네 살의 그는 각고의 연습 끝에 동급생보다 월등한 잠수 실력을 갖춘다. 공부도 꽤 하고 성격도 무난했다. 이 소년은 언제나 화제의 중심이 되었다. 그에게는 몇 가지 특이점이 있었는데, 커다란 울대뼈와 성기를 가졌다는 것. 그것은 그의 콤플렉스다. 목울대를 가리기 위해 온갖 도구를 동원한다. 드라이버나 목걸이 따위를 주렁주렁 달고 다닌다. 양모 장식 술은 친구들 사이에 한동안 유행이 될 정도다. 안간힘을 쓸수록 그는 친구들의 놀림감이 된다. 울대뼈는 그에게 뿌리 깊은 열등감이 되었다.

전쟁통의 아이들은 어떤 모습일까. 애국심이 넘쳐날까. 무슨 미래를 꿈꿀까. 단치히의 아이들은 '영국이나 프랑스에서 진수한 신형 전함들의 정보'에 통달했고 톤수, 최고속력 등을 줄줄

이 꿰고 있었다. 전쟁은 일상이었다. 난파된 소해정은 놀이터였고, 운동장 옆 화장장엔 연기가 피어올랐다. 그 시절 김나지움의 학생들은 어른들의 비이성적 광기를 그대로 물려받는다. 그들의 일탈은 상식을 넘어선다. 하교 후 해수욕장에 모인 남녀 학생이 수영 팬티를 벗고 서로의 수음 행위를 보며 비교하는 꼴이라니. 이런 선정적 묘사로 한때 금서로 지정되었다. 게다가 그라스의 글은 당시 독일 사회에 깊숙이 녹아 있던 전체주의적 경쟁의식과 비뚤어진 영웅 심리를 꼬집었고, 독일인들은 송곳같이 찌르는 글에 거부반응을 보인다. 그라스의 표적은 히틀러라는 비이성적 광기가 아니다. 비이성적 광기를 만들어낸 독일 일반 사회를 겨냥했다.

겨누어진 총구가 향하는 곳

이제석의 반전 공익광고 〈뿌린 대로 거두리라(WHAT GOES AROUND, COMES AROUND)〉가 뉴욕의 전봇대에 붙여졌을 땐 이라크전이 한창이었다. 포스터 속 한 군인이 적을 향해 길게 총구를 겨누고 있고, 그 총구는 전봇대에 동그랗게 말려 결국 자신을 향한다. 이 단순한 이미지는 경고한다. 폭력은 악순환을 만들며 전쟁은 무의미할 뿐이라고.

소년 말케는 열등감에 휩싸여 지나치게 다른 사람의 시선에 집착한다. 잠수 실력이나 가톨릭 신자로서의 성실함은 그의 목에 매달린 장식품들처럼 과장되어 있다. 필렌츠는 이렇게 꼬집는다.

나는 네가 한 번이라도, 아주 사소한 것일지라도
관객 없이 뭔가를 한 적이 있으리라고는
믿을 수도 없고 믿고 싶지도 않으므로.

말케는 '슈퍼맨이 아님'을 깨닫는 보통의 어른으로 성장하지 못했다. 그의 영웅 심리는 나치의 과대망상을 충족시키는 도구가 되었다. 히틀러의 충직한 병사가 되어 그토록 꿈꾸던 철십자훈장을 목에 건다. 의기양양하게 고향에 돌아온 하사관 말케. 그러나 영웅은커녕 비웃음의 대상이다. 상관 부인과 부적절한 관계를 맺었다는 소문에 휩싸인 것이다. 그는 군에서 세운 공을 연설하며 박수받길 꿈꾸지만, 명예롭지 못한 과거의 행적을 이유로 거절당한다. 실망감에 부대를 이탈한 말케는 자신이 어린 시절 발견한 잠수함 속 해치로 들어가 다시 돌아오지 않는다. 아무도 그를 말리지 않고, 찾지 않는다. 포스터 속 남자처럼, 그가 겨눈 총구는 결국 자신을 향하고 있었다.

과거의 죄를 씻어내는 법

이 모든 파멸은 말케 때문인가? 나치즘은 히틀러라는 악마의 탄생 때문인가? 필렌츠의 고백으로 이야기는 반전을 맞는다. 소년들은 말케의 일거수일투족을 주시했다. 말케는 말수가 적고 조용했지만, 주변인들은 끊임없이 그를 주시하며 부추겼다. 2차 성징이 빨라 울대뼈가 도드라지고, 또래보다 성기가 빨리 커졌기 때문일까? 이들은 이 조용한 친구에게 이중적 태도를 보인다. 혐오의 시선을 보내다가 잠수 실력이나 도둑질 같은 호기로운 행동에는 위대하다고 칭송한다. 앞에서는 친구처럼 굴다가 뒤에서는 빈정거린다. "쟤 왜 저래?", "자식, 머리가 돈 거 아닐까." "쟤네 아버지 돌아가신 거랑 상관이 있을지도 몰라." 돌아가신 아버지를 들먹거리다니, 친구가 맞긴 할까?

사실 비극의 시작, 울대뼈에 열등감이라는 옷을 입힌 사건은 필렌츠의 장난이었다. 필렌츠가 고양이를 던져 놓고, 말케의 목젖이 쥐를 닮아 고양이가 덮쳤다고 뒤집어씌웠다. 필렌츠는 침묵했고, 말케의 자살행위를 방조했다. 『고양이와 쥐』는 한 소년이 맹목적인 믿음으로 자신을 파멸시키는 과정을 통해 나치 이데올로기가 형성되는 과정을 풍자하고 비판했다. 동시에 그 친위부대의 용사가 길러지기까지의 과정을 방관하고 동조했던 소시민들에게도 죄과를 묻는다.

그러나 나, 너의 쥐를 한 마리의 그리고
모든 고양이의 눈에 띄게 했던
나는 이제 써야만 한다. (중략) 그가 내게, 자꾸만 너의 울대뼈를
손에 쥐고, 그것이 승리했거나 패배했던 모든 장소로
데려가라고 강요한다.

지나간 역사를 들추어 실상을 밝히는 일. 비록 작가 역시 그 역사 속의 죄인일지라도 진실을 마주하게 했다면 칭찬받아 마땅하다. 그리고 돌아본다. 우리는 권력의 그늘에 숨어 있지는 않은가. 일반인이라는 변명 뒤에 침묵하지 않는가. 다른 이름으로 이 시대를 사는 말케를 추종하고 있지 않은가. 우리에게는 써야만 하는 것이 아무것도 없다고 확신할 수 있는가.

한 점 부끄러움 없이 살고자 쓴다

"나는 계속 머뭇거리며 결정을 내리지 못했다. 작은 쥐를 보호해야

할지, 고양이들을 부추겨 사냥하도록 해야 할지."

권터 그라스의 『고양이와 쥐』는 제2차 세계대전 속에서 청
소년들의 삶과 성장이 어떻게 왜곡되는지를 보여주는 작품이
다. 주인공 말케는 기형적으로 튀어나온 목젖 때문에 주목받으
며 불안정한 정체성 속에서 방황한다. 그는 성적 욕망과 영웅
적 명예, 또래 집단의 인정 사이에서 끊임없이 몸부림치지만,

결국 전쟁이라는 현실 앞에서 파멸을 맞는다. 작품은 이 과정을 통해 전쟁이 한 세대의 청춘을 어떻게 짓밟았는지를 드러낸다. 『고양이와 쥐』는 전쟁이라는 거대한 고양이 앞에서 무력하게 흔들린 쥐 같은 존재들을 그린 작품으로 쥐는 늘 쫓기고 불안정한 말케의 운명을 나타내고, 고양이는 이를 위협하는 권력과 전쟁을 의미한다. 이 대립은 전쟁 시대 청소년들이 처한 폭력적 운명을 은유적으로 보여준다. 작품의 화자는 말케를 바라보는 방관자로, 그의 몰락을 지켜보면서도 개입하지 않는다. 이는 한 개인의 비극을 넘어 전쟁 당시 침묵했던 사회와 전후 독일의 책임 회피를 비판한다.

『고양이와 쥐』는 청소년기의 성장 이야기가 아니라 성장 자체가 불가능했던 시대의 기록이다. 그라스는 나치 시대에 무비판적으로 전쟁 영웅을 동경했던 민중과, 전쟁 후 기억을 지우려 했던 사회를 동시에 비판한다. 그의 문학은, 전쟁 속에서 희생된 청소년 세대를 증언하는 것이다. 그리고 오늘날의 독자에게도 권력과 폭력 앞에서 인간이 얼마나 쉽게 무너질 수 있는지를 일깨워 준다.

귄터 그라스와 윤동주

독일 전후문학을 대표하는 소설가 귄터 그라스. 그의 소설은 독일 교육과정 내 필독서로 꼽힌다. 작가의 고향인 단치히(Danzig)를 무대로 펼쳐지는 『양철북』(1959), 『고양이와 쥐』(1961), 『개들의 시절』(1963)과 함께 '단치히 3부작'을 집필했다.

2025년은 윤동주(1917~1945) 시인의 서거 80주기이자 광복 80주년을 맞이하는 해이다. 그의 대표작 「서시」는 고난 속에서도 자신과 민족, 그리고 세계를 향한 도덕적 책무를 잃지 않았던 시인의 고결한 정신을 보여주는 작품이다. 「서시」는 오늘날까지도 한국인들의 마음속에 깊이 새겨져 있다.

두 작가는 서로 다른 국가와 언어, 그리고 장르에서 활동했다. 하지만 일제강점기와 전후 독일이라는 역사적 격동기를 살아간 두 작가는 문학을 통해 시대를 증언했다는 점과 암울한 시대 속에서도 인간의 존엄성과 도덕적 양심을 놓지 않으려 했다는 공통점을 지닌다. 이러한 이유로 윤동주의 「서시」와 귄터 그라스의 『고양이와 쥐』를 함께 살펴보고자 한다.

시대의 어둠 속에서 자기 고백과 순결한 의지로 맞서다

귄터 그라스의 『고양이와 쥐』와 윤동주의 「서시」는 서로 다른 역사적 배경과 문학 장르를 지녔지만, 시대의 폭력 앞에서 개인이 느끼는 양심의 무게와 도덕적 책임을 다룬다는 점에서 깊은 공감대를 형성한다. 두 작품은 각각 나치 독일과 일제강점기라는 암울한 시기를 배경으로 하여, 작가 개인이 그 시대를 어떻게 체화하고, 그 어둠에 어떻게 맞섰는지를 보여주는 자기 고백적 문학이다.

『고양이와 쥐』에서 귄터 그라스는 전후 독일 사회의 침묵과 무비판적 태도를 정면으로 비판한다. 서술자 필렌츠는 자신이 겪은 학창 시절과 친구 말케의 비극을 회고하며, 자신 역시 그 고양이들 중 하나였음을 인정한다. 말케는 신체적 결함을 극복하고자 훈장이라는 상징을 쫓다 끝내 비극에 이르며, 그의 파멸은 단지 개인의 욕망에서 비롯된 것이 아닌, 전체주의 체제와 이를 방관한 주변인의 무관심에서 기인한다. 귄터 그라스는 필렌츠의 시선을 빌려 "누구도 집단적 책임에서 자유로울 수 없다"라고 말한다. 이 작품은 결국, 나치 체제에 가담했거나 침묵했던 이들을 향한 도덕적 성찰의 기록이며, 그라스 자신이 나치 청소년 단체에 속했던 과거에 대한 문학적 참회이다.

반면 윤동주의 「서시」는 보다 내면적인 목소리로 그 시대를 마주한다. 윤동주는 시를 통해 '부끄럽지 않은 삶'을 추구하며,

내면의 윤리성과 양심을 지키고자 한다. "죽는 날까지 하늘을 우러러 한 점 부끄럼 없기를"이라는 구절은 시인이 삶을 어떻게 살아가고자 했는지를 명확하게 드러낸다. 식민지 상황에서 조국을 위해 큰 소리를 외치지 못한 청년이, 대신 자기 성찰과 도덕적 결의를 통해 시대에 저항하고자 한 것이다. 그는 별을 바라보며 이상을 품되, 현실의 바람에 흔들리는 자신을 정직하게 응시한다.

그라스와 윤동주 모두 시대의 죄 앞에서 침묵하거나 외면하지 않고, 문학을 통해 진실을 직면하고자 했다. 그라스는 집단적 죄의식과 무책임을 고발함으로써 타인을 향한 비판적 시선을 유지했고, 윤동주는 도덕적 순결과 자기 성찰을 통해 개인적 저항의 길을 걸었다. 전자가 죄의식에 대한 집단적 성찰이라면, 후자는 양심에 따른 개인적 실천이라 할 수 있다. 또한 두 작품 모두 형식과 내용이 긴밀히 연결되어 있다는 점에서도 유의미하다. 『고양이와 쥐』의 액자식 구조는 회고와 반성을 반복하며 독자가 필렌츠의 내면을 깊이 들여다보게 하고, 「서시」는 간결한 언어와 함축적 상징으로 시인의 내면 풍경을 선명하게 드러낸다. '고양이와 쥐'라는 상징과 '잎새에 이는 바람'이라는 이미지 모두, 시대의 억압 앞에 선 개인의 갈등과 고뇌를 상징적으로 보여주는 탁월한 장치다.

　『고양이와 쥐』를 읽으며 인간이 자신의 결함을 극복하려다 오히려 그 결함에 삼켜지는 모습을 보았다. 말케는 사회가 정한 기준 속에서 인정받으려 했지만, 그 과정에서 자신을 잃어버렸다. 그 모습이 오늘날 경쟁 속에서 불안하게 흔들리는 우리의 모습과 닮아 있었다. 진정한 성장은 타인의 시선이 아닌 자신의 가치에서 시작된다는 것을 느낀다. 윤동주의 「서시」가 내면의 빛을 지키려는 고백이라면, 『고양이와 쥐』는 그 빛을 잃어가는 인간에 대한 경고로 읽힌다. 『고양이와 쥐』는 나에게 양심을 지키는 일이 결국 인간다움을 지키는 일임을 일깨워 주었다.

『저주토끼』

정보라 지음, 아작

정보라 지음, 아작

유토피아 소설은 재미없어요.

제가 유토피아를 믿지 않거든요.

_정보라

저주는 곧 인간의 그림자다

저주받은 사람들

저주란 무엇일까. 국어사전은 '남에게 재앙이나 불행이 일어나도록 빌고 바람. 또는 그렇게 하여서 일어난 재앙이나 불행'이라고 정의한다. 하지만 정보라의 『저주토끼』 속에서 '저주'는 단순히 누군가에게 씌워진 불운이나 미신적 행위가 아니다. 그것은 인간이 인간에게 남기는 흔적이자, 사회가 개인의 몸과 마음에 새겨놓은 상처의 형상이다.

이 책은 열 편의 단편으로 구성되어 있다. 각각의 이야기는 기괴한 상상력 위에 서늘한 리얼리티를 얹는다. 인간 사회의 폭력, 여성의 몸에 가해지는 억압, 자본이 만든 잔혹함, 전쟁과 기억이 남긴 상흔…. 저주는 결국 이 모든 것의 다른 이름이다.

예전에는 남의 아픔에 금방 동기화되었다면, 이제는 한 발짝 떨어져 바라보는 습관이 생겼다. 그래서일까, 이 기묘한 이야기들을 읽을 때도 처음엔 제3자의 시선으로 따라갔다. 몰입감 있게 몇 편을 읽고 나니 어느새 그 세계의 발을 담그고 있었다. 책을 덮고 난 뒤, '나 역시 저주 속에 살고 있구나'라는 생각에 닿았다.

예쁘게 만들어진 저주

저주에 쓰이는 물건일수록 예쁘게 만들어야 하는 법이다.

첫 번째 이야기이자 표제작인 「저주토끼」는 책 전체의 공기를 압축한다. 저주는 흉측한 얼굴을 하고 다가오는 것이 아니라, 오히려 아름답고 매혹적인 외양을 하고 우리 곁에 놓인다. 대대로 저주 용품을 만들어온 집안에서, 한 할아버지가 손주에게 들려주는 이야기 속에는 복수와 슬픔, 그리고 아름다움이 교차한다. 친구를 죽음으로 몰아넣은 가해자를 향한 분노가 토끼 모양의 예쁜 조명 속에 담긴다. 귀여운 빛을 내는 토끼 램프가 사실은 타인의 죽음을 부르는 무기라는 사실은 기괴하면서도 매혹적이다. '우리 사회의 저주도 늘 이런 식으로 포장되어 있지 않은가.' 화려한 상품광고, 달콤한 말로 치장된 권력의 언어, 누군가의 희생을 토대로 번영하는 경제. 모두가 '예쁘다'는 이름으로 불러주는 것들 속에는 저주의 씨앗이 숨어 있다. 아름다움과 저주가 한 몸처럼 맞닿아 있다는 사실이 섬뜩하게 다가왔다.

몸에 드리운 저주

네 번째 이야기 「몸하다」는 여성의 몸에 각인된 사회적 저주의 민낯을 보여준다. 주인공은 원하지 않은 임신을 하게 되고, 남편도 없이 아이를 낳는다. 피가 멈추지 않고 배가 불룩해지며 출산을 맞이하는 과정은 공포와 불가해함으로 가득하다.

그의 몸은 생명을 품고 있지만, 동시에 사회가 덧씌운 낙인과 두려움으로 뒤덮여 있다. 누군가의 욕망, 제도의 통제, 도덕의 잣대가 그 몸 위에 흔적처럼 남는다. 그래서 '여성으로 태어나는 것'이 때로는 저주처럼 느껴진다. 그러나 작품은 묻는다. 여성의 몸 자체가 저주일까, 아니면 그 몸에 저주를 덧씌운 사회가 문제일까. 여성의 몸으로 태어나는 것은 저주가 아니다. 저주는 그 몸을 억압해 온 사회의 시선이다.

살아남은 자의 흉터

일곱 번째 이야기 「흉터」는 특히 마음에 남았다. 괴물에게 제물로 바쳐진 소년은 수년 만에 탈출한다. 그러나 인간 사회로 돌아와도 그는 노예 취급을 당한다. 괴물에게서 도망쳤지만, 세상은 그보다 더 괴물 같다. 그가 품은 흉터는 단순히 몸의 상처가 아니라 사회적 낙인의 형상이다. 인간 사회가 만들어낸 괴물성은 자연의 괴물보다 더 끔찍하다.

세상의 모든 소년은 살아남아 성장하면 청년이 된다.

그리고 마침내 눈물이 멈추었을 때, 세상 어딘가에 있을 자신의 삶을 찾기 위해, 그는 해가 드는 쪽을 향해 천천히 걷기 시작했다.

소년은 결국 청년이 되어 길을 떠난다. 흉터를 품고서라도 살아야 한다는 메시지는 절망 속에서도 작게 빛난다. 하지만 그것은 치유나 구원의 이야기가 아니다. 단지 '살아남음' 자체가 하나의 저주이자 생존의 방식일 뿐이다.

전쟁이 남긴 저주

마지막 열 번째 이야기 「재회」는 전쟁이 남긴 상처를 다룬다. 폴란드를 찾은 한 여성은 어린 시절부터 죽은 자를 볼 수 있었던 남자와 마주한다. 그들은 광장에서 전쟁 때 죽은 유령을 함께 본다. 유령은 과거의 고통 속에 갇혀 사라지지 못한다.

좋은 시간은 이제 더 이상 기대할 수 없었으나 나쁜 시간을
소원하고 싶지도 않았다. 무언가를 기다리고 있었으나
무엇을 기대해야 할지 알 수 없었다. 미래는 없었다.
그와 내가 알았던 모든 삶의 유형들은 전부 과거에 갇혀 있었다.

전쟁은 끝났지만, 전쟁의 그림자는 여전히 현재를 살아간다. 폭력의 잔향은 유령처럼 따라붙고, 개인의 삶은 그 과거에 갇힌다. 이 이야기를 읽으며 여전히 한국 사회 곳곳에서 반복되는 집단적 상흔을 떠올렸다.

풀리지 않는 저주

열 편의 이야기를 읽고 나면, 독자는 깨닫는다. 이 책에는 구원이 없다. 누군가는 저주를 받아들이고, 누군가는 그 속에서 허우적거리며 살아간다. 하지만 누구도 완전히 극복하거나 벗어나지 못한다. 읽는 동안 서늘함과 불편함을 느끼는 동시에 이야기들이 내 주변과 멀리 있지 않음을 깨달았다. 나와 내 가족, 친구들, 그리고 속해있는 사회 역시 크고 작은 저주 속에서 산다. 경제적 불평등, 젠더 폭력, 세대를 가르는 갈등, 역사가 남긴 상처들…. 모두가 '현실의 저주'다.

그럼에도 우리는 살아남아야 한다. 살아남아 흉터를 품고, 간혹 주어지는 작은 위로에 기대며 하루를 건너야 한다. 저주가 가득한 세계에서도 우리가 찾아내야 하는 것은 무엇일까.

"저주에 쓰이는 물건일수록 예쁘게 만들어야 하는 법이다." 책의 첫 문장을 다시 읊조려 본다. 내 삶에도 이 문장처럼 저주와 아름다움이 동시에 존재한다. 어쩌면 우리가 할 수 있는 일은 저주를 없애는 것이 아니라, 그 안에서 아름다움을 발견하는 것일지 모른다. 저주가 그림자라면, 아름다움은 빛이다. 그림자가 있다는 건 빛도 있다는 증거다.

그러니 나는 흉터를 안고, 해가 드는 쪽을 향해 걸어갈 것이다. 저주와 아름다움이 공존하는 세계 속에서.

메리 셸리『프랑켄슈타인』

1. 프랑켄슈타인은 괴물의 이름이 아니라 그것을 만든 박사의 이름이다. 자기 내면의 괴물성이 박사로 하여금 괴물을 낳게 했다고도 볼 수 있다. 박사가 지닌 괴물성의 정체는 무엇인가?

2. 빅터 박사가 만든 괴물은 이름이 없다. 이름 없는 존재가 세상을 살아가기 위해서는 무엇이 필요한가?

3. 과학적 탐구가 도덕적 경계를 넘어설 때 비극이 발생한다. 이 소설은 어떤 경고를 우리에게 던지고 있는가? 이를 현대의 생명공학이나 인공지능 연구에 비견하여 이야기해 볼 수 있는가?

4. 빅터 박사와 괴물 중 누가 더 빌런에 가깝다고 생각하는가?

5. 소설 속 괴물은 끔찍한 외모 때문에 끊임없이 사회로부
   터 배척당하고 증오의 대상이 된다. 이는 우리의 '다름'
   에 대한 강박적 포비아로 규정지을 수 있을 것이다. 소
   수자나 타자를 대하는 이 시대 우리의 사고방식이 이와
   다르다고 말할 수 있는가?

로맹 가리 『새들은 페루에 가서 죽다』

1. 혁명 전사인 주인공 자크레니에가 페루의 해변으로 온
   이유는 무엇인가?

2. 주인공 자크레니에는 세상과 스스로를 단절시키며 삶
   을 정리하기 위해 페루의 해안가로 왔다. 그런 그의 앞
   에서 미모의 여성이 자살을 시도하고 그는 그런 그녀를
   구한다. 가련한 한 마리의 새처럼 그에게 의탁하려는
   그녀에게 마지막 삶을 함께할 은근한 기대를 품는다.
   '희망을 꿈꾸는 것'은 인간의 나약한 측면인가?

3. 페루의 해변에 와서 죽는 새들처럼 소설 속 인물들의
   죽음이나 자살은 현실로부터 완벽한 도피를 의미하는
   가? 아니면 특정한 이상이나 가치를 향한 최종적인 행

위를 상징한다고 보아야 하는가?

4. 표제작「새들은 페루에 가서 죽다」여주인공은 전 세계를 떠돌며 방황한다. 그것은 도피인가, 자유를 향한 몸부림인가? 방황의 이유는 무엇인가?

5. 표제작에서 파도에 몸을 맡겨 죽으려 하는 여주인공의 남편은 우연성을 인정하지 않는다. 새들이 페루의 해변으로 밀려와 죽는 데에도 과학적 이유가 있다고 생각한다. 그렇게 생각하는 사람들이 삶에서 놓치는 것은 무엇일까? 우연과 필연은 삶에서 어떻게 교차되는가?

권터 그라스『고양이와 쥐』

1. 요아힘 말케의 목젖은 소설 전체에서 조롱과 동시에 경외의 대상이 된다. '목젖'의 상징적 의미는 무엇이며 이것이 말케의 정체성 형성에 미친 영향은 무엇인가? 그리고 그를 다른 여타의 소년들과 구별 짓는 요소는 무엇인가?

2. 화자인 '필렌츠'는 이야기 속에서 어떤 역할을 하고 있
   는가? 말케의 친구, 관찰자, 찬양자, 혹은 잠재적 배신
   자 중 어떤 역할에 가장 가까운가?

3. 소설의 제목인 '고양이와 쥐'는 무엇을 상징하는가? 단
   순히 말케와 고양이와의 관계를 넘어 당대 독일 사회나
   인간심리의 어떤 측면을 반영한다고 생각하는가?

4. 말케는 주변 친구들에 의해 영웅화되는 인물이지만 결
   국 그들에 의해 버려진다. 소설이 제시하는 영웅주의의
   허상에 대해 생각해 보자.

5. 말케는 난파선 안으로 사라지고 만다. 이 마지막 장면
   을 어떻게 해석해야 하는가? 이것은 단순한 죽음(자살)
   인가, 아니면 사회로부터의 궁극적 도피라고 보아야 하
   는가?

정보라 『저주토끼』

1. 작가는 '복수'를 '작용'과 '반작용'으로 설명한다. 그것
   의 의미는 무엇인가?

2. 억울한 피해자가 겪는 고통과 책임회피에 대한 분노는 저주라는 기괴한 형태로 나타난다. 저주를 사적인 것이라 보아야 하는가 아니면 정의 실현으로 보아야 하는가?

3. 복수를 행한 사람들은 후련함을 얻는가 아니면 또 다른 죄책감과 상실감을 얻는가?

4. 단편 「머리」에서 여성의 배설물에서 태어난 '머리'는 숭고함보다는 기괴함으로 묘사된다. 이것은 현대사회의 모성애에 대한 왜곡인가? 모성이 강요되거나 억압되는 사회는 어떤 사회인가?

5. 단편 「덫」, 「머리」의 존재들이 인간의 오만함이나 이기심에 대한 반작용이라 규정할 때 우리는 이들을 '피해자'로 간주해야 하는가 아니면 '괴물'로 보아야 하는가?

〈송도글캠〉을 소개합니다

권은영 함께 읽으면 마음에 울림을 주는 책들이었다. 생각의 깊이에 빠져 머리를 쥐어뜯고, 몸살이 날 만큼 종일 자판을 두드렸다. 그러다 문득 깨달았다. 글을 쓰는 일도, 읽는 일도 결국 살아내는 일과 다르지 않다고. 그래서 오늘도 몸을 움직이며 마음을 단련한다. 그래야 또 다음 이야기를 쓸 수 있으니까.

김소영 나는 글캠 초보캠퍼. 늘 어려운 글쓰기지만 내일은 더 나아질 거라는 희망찬 마음을 담아 한 문장씩 채워간다. 이러다 만랩이 되는 날도 오겠지요?

김지훈 "삶이 지겨워질 때 마음을 열어 고전을 읽어라!"
AI가 세상을 쥐락펴락하는 시대가 오고 있다. 그러나 AI가 절대로 할 수 없는 일은 인간이 자신의 의지로 꿈을 꾸고 사랑을 하는 일이다. 내 똥을 대신 싸줄 AI는 없다. 나의 의지와 꿈은 나만의 것이다. 고전은 나를 꿈꾸게 한다.

무 영   계절이 바뀔 때면 바램도 바뀐다. 이번 계절엔 너그러운 사람이 되
고 싶다.
함께 하여 즐거운 사람들에게 고마운 마음을 전한다.
내가 쓰는 것보다 그들의 마음을 읽는 즐거움이 더 크다.

문베리   작품을 읽을 때마다 그 안에서 나를 발견하고, 솔직하게 옮겨 담
는다. 아직은 마음을 스치는 모든 감정을 다 표현하진 못하지만,
가장 가까운 단어들을 조금씩 찾아가고 있다.

박혜나   책을 읽고 글을 쓰는 시간이 늘어나는 만큼 내 마음속에 남은 글
의 흔적들을 발견하는 일이 잦아졌다. 현실에서는 도무지 이해할
수 없었던 일들도 문학작품을 통해 접하면 이전보다는 더 열린 마
음으로 바라보게 된다. 이 흔적들에는 자신을 돌아보고 타인을 이
해하기 위한 노력이 담겨있다. 앞으로도 겸허한 마음으로 글을 읽
고 쓰고 싶다.

양동신   함께 읽고 쓰고 나누는 즐거움에 빠져 헤어나시 못하는 니이 먹은
남자. 처음엔 몸사렸지만 이제는 뻔뻔해져 거리낌을 상실함. 이 기
세로 나가면 뜻밖의 결과물도 나올 수 있다는 허황된 꿈을 가짐.

이영미　방문 양옆으로 5단 책꽂이.

정면 책상의 노트북. 그 옆 복합기. 그리고 어지러이 쌓아놓은 책.

책. 난 그 방의 주인이다.

세차게 흔드는 꼬리. 머루 같은 두 눈. 흰색 말티즈 별이(9살)

게슴츠레한 눈. 육각형 등무늬. 붉은귀거북 거순이(15살). 난 그들

의 집사다. 자발적 집사는 아니고 어쩌다 되었다. 나이도 그렇게 먹

어가는 중이다. 어쩌다.

장자은　잘하지 못해도 계속하는 사람, 요즘은 이런 사람이 참 좋다. 글쓰

기를 동경하면서도 쓰는 순간 모자람이 드러나기에 시도하지 않았

다. 이제는 나도 멋진 사람이 되어보려 한다. 부끄러움을 참고 시

간을 쌓아보겠다.

전홍희　가족 3인에게 질문했다. 전홍희는 어떤 사람?

*힘들어도 웃는, 하고 싶은 건 꼭 하는, 말을 행동으로 하는(딸)

*용감한, 지치지 않는, 욕심이 없는(아들)

*거짓 없는, 자기표현은 약간 서툰, 편견이 없는(남편)

조상리   송도글캠을 통해 읽는 자에서 '읽고 쓰는 자'가 되어 생각의 길을
         내고 있다. 읽기만 하고 쓰지 않고 놔두면 났던 길도 희미해지고
         어디로 나 있었는지 길을 잃기 일쑤다. 책을 읽고 사람들과 나누고
         글을 쓰니 그 길에 발자국을 더 내게 된다. 그래서 그 길 끝 본질의
         세계에 한 걸음 더 가까워졌다.

조소연   소설을 통해 삶에 매복된 위기와 난관을 겪는 인물을 만난다. 그는
         늘 길을 잃고, 실패하여 고통 속에 몸부림친다. 매주 우리는 공들여
         책을 읽고 모여 작품 속 수수께끼를 풀기 위해 고심한다. 생각을
         나누고, 글을 쓴다. 어느 순간, 내 앞에 매복된 위기와 난관도 겪어
         낼 수 있으리라는 희망을 얻는다.

최선혜   인생이란 정답이 없는 새로운 길을 가보며, 삶의 즐거움을 발견한
         다. 책을 통해 시공간을 초월해 보고, 토론을 하며 타인과 생각을
         나누고, 글을 쓰며 나를 알아가는 즐거움을 얻는다.
         또 다른 새로운 길로 여행을 떠나며, 하루하루 정성스럽게 살고자
         한다.

혼자서는 안 읽었을 책들 _세 번째 이야기

초판 1쇄 인쇄   2026년 02월 26일
초판 1쇄 발행   2026년 03월 05일
지은이   송도글캠

권은영, 김소영, 김지훈, 무 영, 문베리, 박혜나,
양동신, 이영미, 장자은, 전홍희, 조상리, 조소연, 최선혜

펴낸이   김양수
책임편집   이정은
교정교열   연유나

펴낸곳   휴앤스토리

출판등록   제2016-000014
주소   경기도 고양시 일산서구 중앙로 1456 서현프라자 604호
전화   031) 906-5006
팩스   031) 906-5079
홈페이지   www.booksam.kr
이메일   okbook1234@naver.com
블로그   blog.naver.com/okbook1234
페이스북   facebook.com/booksam.kr

ISBN   979-11-93857-37-3 (03800)